名家自选经典书系　主编／林建法

黄山谷的豹

辽宁人民出版社

ⓒ 欧阳江河　　2013

图书在版编目（CIP）数据

黄山谷的豹/欧阳江河著. —沈阳：辽宁人民出版
社，2013. 1（2020.6重印）
（名家自选经典书系/林建法主编）
ISBN 978-7-205-07521-7

Ⅰ. ①黄… Ⅱ. ①欧… Ⅲ. ①中国文学 — 当代文
学—作品综合集 Ⅳ. ①I217.2

中国版本图书馆CIP数据核字（2012）第291583号

出版发行：辽宁人民出版社
　　　　　地址：沈阳市和平区十一纬路25号　邮编：110003
　　　　　电话：024-23284321（邮　购）　024-23284324（发行部）
　　　　　传真：024-23284191（发行部）　024-23284304（办公室）
　　　　　http://www.lnpph.com.cn
印　　　刷：龙口市新华林文化发展有限公司
幅面尺寸：168mm×235mm
印　　张：13
插　　页：2
字　　数：213千字
出版时间：2013年1月第1版
印刷时间：2020年6月第3次印刷
责任编辑：刘铁丹
装帧设计：丁末末
责任校对：郑　佳
书　　号：ISBN 978-7-205-07521-7

定　　价：23.00元

作者近照

家真絕妙攤靈君睌然夢之非紛紜富中逐山是

眉黛蓆上楢花皆舞裙借問琵琶得聞否靈君

邑莊妓搖手兩客爭摸爛斧柯一兒壞局君不可杳

梁歸燕語空多夕奈何雲密霧閣何世帶葉連枝

摘未殘依稀茶塢竹籬間相如病渴應須此莫與

文君慮遠山濁夢吞江起解顔詩成有味齒牙間

前身鄭下劉公幹今日江南庚子山五十清詩是碑

金試教擲地有餘音方令臺閣稱多士且停江山妍

慶吟五十清詩一段冰持未恰得慰平生自張壁間

行坐看更教兒誦醉時聽碑同崢首千年石詩到變

州十雄歌他日巴人懷叔子時、解著手摩挲千詩

纖就四文錦如此陽臺莫雨何亦有英靈蘇惠手只

無悔過實連波道人終歲學陶朱西子同舟泛五

湖船卧窗讀書萬卷還有新詩束起予莫去沙

邊學釣魚莫將百丈延轆轤清江濯足富下坐燕

子日長宜讀書　山谷七言絕句十首　己丑初春歐陽江河

作者手迹

诗 歌

文 章

诗 歌

SHIGE

手　枪

手枪可以拆开

拆作两件不相关的东西

一件是手，一件是枪

枪变长可以成为一个党

手涂黑可以成为另一个党

而东西本身可以再拆

直到成为相反的向度

世界在无穷的拆字法中分离

人用一只眼睛寻求爱情

另一只眼睛压进枪膛

子弹眉来眼去

鼻子对准敌人的客厅

政治向左倾斜

一个人朝东方开枪

另一个人在西方倒下

黑手党戴上白手套
长枪党改用短枪
永远的维纳斯站在石头里
她的手拒绝了人类
从她的胸脯拉出两只抽屉
里面有两粒子弹，一支枪
要扣响时成为玩具
谋杀，一次哑火

1985.11 于成都

手 枪

纸上的秋天

秋天和月亮来到纸上。
分手的人们相见如初，
重新迷恋日出时的理想，
日落时散步，叹息天空的深邃。

这是一个正在结束的秋天，
但在开始之前，有更远的开始
通向一个尚未开始的纪念。
那儿，墨水被秋风写遍。

而我微笑着，吹去眼中之灰烬，
以一本书的速度阅读暗物质，
快到天明时，停住，回眸
白夜和沥青夺眶而下。

未来因古代而灿烂，

城市从肉体流向笔端。
但在乡村，在今天的去年
婴孩和果实不停地掉落。

种子无声，随意挥洒，
星空像旷野一样有人走动。
尽管秋色吹起了千里外的笛子，
我还是听不到光，寂静，或逝者。

1986.10.16 于成都

汉英之间

我居住在汉字的块垒里，

在这些和那些形象的顾盼之间。

它们孤立而贯穿，肢体摇晃不定，

节奏单一如连续的枪。

一片响声之后，汉字变得简单。

掉下了一些胳膊，腿，眼睛。

但语言依然在行走，伸出，以及看见。

那样一种神秘养育了饥饿。

并且，省下很多好吃的日子，

让我和同一种族的人分食，挑剔。

在本地口音中，在团结如一个晶体的方言

在古代和现代汉语的混为一谈中，

我的嘴唇像是圆形废墟，

牙齿陷入空旷

没碰到一根骨头。

如此风景，如此肉，汉语盛宴天下。

诗 歌

我吃完我那份日子，又吃古人的，直到

一天傍晚，我去英语角散步，看见
一群中国人围住一个美国佬，我猜他们
想迁居到英语里面。但英语在中国没有领地。
它只是一门课，一种会话方式，电视节目，
大学的一个系，考试和纸。
在纸上我感到中国人和铅笔的酷似。
轻描淡写，磨损橡皮的一生。
经历了太多的墨水，眼镜，打字机
以及铅的沉重之后，
英语已经轻松自如，卷起在中国的一角。
它使我们习惯了缩写和外交辞令，
还有西餐，刀叉，阿司匹林。
这样的变化不涉及鼻子
和皮肤，像每天早晨的牙刷
英语在牙齿上走着，使汉语变白。
从前吃书吃死人，因此

我天天刷牙，这关系到水，卫生和比较。
由此产生了口感，滋味说
以及日常用语的种种差异。
还关系到一只手，它伸进英语
中指和食指分开，模拟
一个字母，一次胜利，一种
对自我的纳粹式体验。
一支烟落地，只燃到一半就熄灭了
像一段历史。历史就是苦于口吃的

战争，再往前是第三帝国，是希特勒。

我不知道这个狂人是否枪杀过英语，枪杀过

莎士比亚和济慈。

但我知道，有牛津辞典里的、贵族的英语，

也有武装到牙齿的、丘吉尔或罗斯福的英语。

它的隐喻，它的物质，它的破坏的美学

在广岛和长崎爆炸。

我看见一堆堆汉字在日语中变成尸首——

但在语言之外，中国和英美结盟。

我读过这段历史，感到极为可疑。

我不知道历史和我谁更荒谬。

一百多年了，汉英之间，究竟发生了什么？

为什么如此多的中国人移居英语，

努力成为黄种白人，而把汉语

看作离婚的前妻，看作破镜里的家园？究竟

发生了什么？我独自一人在汉语中幽居

与众多纸人对话，空想着英语。

并看着更多的中国人跻身其间

从一个象形的人变为一个拼音的人。

1987.7 于成都

玻璃工厂

1

从看见到看见，中间只有玻璃。

从脸到脸，

隔开是看不见的。

在玻璃中，物质并不透明。

整个玻璃工厂是一只巨大的眼珠，

劳动是其中最黑的部分，

它的白天在事物的核心闪耀。

事物坚持了最初的泪水，

就像鸟在一片纯光中坚持了阴影。

以黑暗方式收回光芒，然后奉献。

在到处都是玻璃的地方，

玻璃已经不是它自己，而是

一种精神。

就像到处都是空气，空气近乎不存在。

2

工厂附近是大海。
对水的认识就是对玻璃的认识。
凝固，寒冷，易碎，
这些都是透明的代价。
透明是一种神秘的、能看见波浪的语言，
我在说出它的时候已经脱离了它，
脱离了杯子、茶几、穿衣镜，所有这些
具体的、成批生产的物质。
但我又置身于物质的包围之中，生命被欲望充满。
语言溢出，枯竭，在透明之前。
语言就是飞翔，就是
以空旷对空旷，以闪电对闪电。
如此多的天空在飞鸟的身体之外，
而一只孤鸟的影子
可以是光在海上的轻轻的擦痕。
有什么东西从玻璃上划过，比影子更轻，
比切口更深，比刀锋更难逾越。
裂缝是看不见的。

3

我来了，我看见，我说出。
语言和时间浑浊，泥沙俱下，
一片盲目从中心散开。

同样的经验也发生在玻璃内部。

火焰的呼吸，火焰的心脏。

所谓玻璃就是水在火焰里改变态度，

就是两种精神相遇，

两次毁灭进入同一永生。

水经过火焰变成玻璃，

变成零度以下的冷漠的燃烧，

像一个真理或一种感情

浅显，清晰，拒绝流动。

在果实里，在大海深处，水从不流动。

4

那么这就是我看到的玻璃——

依旧是石头，但已不再坚固。

依旧是火焰，但已不复温暖。

依旧是水，但既不柔软也不流逝。

它是一些伤口但从不流血。

它是一种声音但从不经过寂静。

从失去到失去，这就是玻璃。

语言和时间透明，

付出高代价。

5

在同一工厂我看见三种玻璃：

物态的，装饰的，象征的。

人们告诉我玻璃的父亲是一些混乱的石头。

玻璃工厂

在石头的空虚里，死亡并非终结，

而是一种可改变的原始的事实。

石头粉碎，玻璃诞生。

这是真实的。但还有另一种真实

把我引入另一种境界：从高处到高处。

在那种真实里玻璃仅仅是水，是已经

或正在变硬的、有骨头的、泼不掉的水，

而火焰是彻骨的寒冷，

并且最美丽的也最容易破碎。

世间一切崇高的事物，以及

事物的眼泪。

　　　　　　　　　　　　　　　　　1987.9.6 于山海关

诗　歌

一夜肖邦

只听一支曲子，
只为这支曲子保留耳朵。
一个肖邦对世界已经足够。
谁在这样的钢琴之夜徘徊？

可以把已经弹过的曲子重新弹奏一遍，
好像从来没有弹过。
可以一遍一遍将它弹上一夜，
然后终生不再去弹。
可以
死于一夜肖邦，
然后慢慢地、用整整一生的时间活过来。

可以把肖邦弹得好像弹错了一样。
可以只弹旋律中空心的和弦，
只弹经过句，像一次远行穿过月亮，

只弹弱音，夏天被忘掉的阳光，

或阳光中偶然被想起的一小块黑暗。

可以把柔板弹奏得像一片开阔地，

像一场大雪迟迟不肯落下。

可以死去多年但好像刚刚才走开。

可以

把肖邦弹奏得好像没有肖邦。

可以让一夜肖邦融化在撒旦的阳光下。

琴声如诉，耳朵里空有一颗心。

根本不要去听，心是听不见的，

如果有人在听肖邦就转身离去。

这已经不是他的时代，

那个思乡的、怀旧的、英雄城堡的时代。

可以把肖邦弹奏得好像没有在弹。

轻点再轻点

不要让手指触到空气和泪水。

真正震撼我们灵魂的狂风暴雨

可以是

最弱的，最温柔的。

1988.11 于成都

最后的幻象（组诗）

草　莓

如果草莓在燃烧，她将是白雪的妹妹。
她触到了嘴唇但另有所爱。
没人告诉我草莓被给予前是否荡然无存。
我漫长一生中的散步是从草莓开始的。
一群孩子在鲜红迎风的意念里狂奔，
当他们累了，无意中回头
——这是多么美丽而茫然的一个瞬间！

那时我年轻，满嘴都是草莓。
我久已忘怀的青青草地，
我将落未落的小小泪水，
一个双亲缠身的男孩曾在天空下痛哭。
我反身走进乌云，免得让他看见。

两个人的孤独只是孤独的一半。

初恋能从一颗草莓递过来吗？

童年的一次头晕持续到现在。

情人在月亮盈怀时变成了紫色。

这并非一个抒情的时代，

草莓只是从牙齿到肉体的一种速度，

没有比尝到草莓更靠近死亡的。

哦，早衰的一代，永不复归的旧梦，

谁将听到我无限怜悯的哀歌？

1988.11.6

花瓶，月亮

花瓶从手上跌落时，并没有妨碍夏日。

你以为能从我的缺少进入更多的身体，

但除了月亮，哪儿我也没有去过。

在月光下相爱就是不幸。

我们曾有过如此相爱的昨天吗？

月亮是对亡灵的优雅重获。

它闪耀时，好像有许多花儿踮起了足尖。

我看见了这些花朵，这些近乎亡灵的

束腰者，但叫不出它们的名字。

花瓶表达了对身体的直觉，

它让错视中的月亮开在水底。

那儿，花朵像一场大火横扫过来。

体内的花瓶倾倒，白骨化为音乐。

一曲未终，黑夜已经来临。

这只是许多个盈缺之夜的一夜，

灵魂的不安在肩头飘动。

当我老了，沉溺于对伤心咖啡馆的怀想，

泪水和有玻璃的风景混在一起，

在听不见的声音里碎了又碎。

我们曾经居住的月亮无一幸存，

我们双手触摸的花瓶全都掉落。

告诉我，还有什么是完好如初的？

1988.11.9

落　日

落日自咽喉涌出，

如一枚糖果含在口中，

这甜蜜、销魂、唾液周围的迹象，

万物的同心之圆、沉沦之圆、吻之圆，

一滴墨水就足以将它涂掉。

有如漆黑之手遮我双目。

哦疲倦的火，未遂的火，隐身的火，

这一切几乎是假的。

我看见毁容之美的最后闪耀。

落日重重指涉我早年的印象。

最后的幻象（组诗）

它所反映的恐惧起伏在动词中，
像拾级而上的大风刮过屋顶，
以舞者的姿态披散于众树。
我从词根直接走进落日，
看着一个老人焚烧，像是无人爱过。
他曾站在我的身体里，
为一束偶尔的光晕眩了一生。

落日是两腿间虚设的容颜，
是对沉沦之躯的无边挽留。
但除了那些热血，没有什么正在变黑。
除了那些白骨，没有谁曾经是美人。
一个吻使我浑身冰凉。
世界在下坠，落日高不可问。

1988.11.21

黑　鸦

幸福是阴郁的，为幻象所困扰。
风，周围肉体的杰作。
这么多面孔没落，而秋天如此深情，
像一闪而过、额头上的夕阳，
先是一片疼痛，然后是冷却、消亡，
是比冷却和消亡更黑的终极之爱。

然而我们一生中从未有过真正的黑夜。
在白昼，太阳倾泻乌鸦，

幸福是阴郁的，当月亮落到刀锋上，

当我们的四肢像泪水洒在昨天

反复冻结。火和空气在屋子里燃烧，

客厅从肩膀滑落下来，

往来的客人坐进乌鸦的怀抱。

每一只乌鸦带来两个世界的温柔。

这未知的言词：如果已知还来得及说出。

我从未看见比一只乌鸦更多的美丽。

一个赤露的女人从午夜焚烧到天明。

1988.11.3

蝴　蝶

蝴蝶，与时间无关的自怜之火。

庞大的空虚来自如此娇小的身段，

无助的哀告，一点力气都没有。

你梦想从蝴蝶脱身出来，

但蝴蝶本身也是梦，比你的梦更深。

幽独是从一枚胸针的丢失开始的。

它曾别在胸前，以便你华灯初上时

能听到温暖的话语，重读一些旧信。

你不记得写信人的模样了。他们当中

是否有人以写作的速度在死去，

以针的速度在进入？你读信的夜里，

最后的幻象 (组诗)

胸针已经丢失。一只蝴蝶
先是飞离然后返回预兆，
带着身体里那些难以解释的物质。
想从蝴蝶摆脱物质是徒劳的。
物质即绝对，没有遗忘的表面。

蝴蝶是一天那么长的爱情。
如果加上黑夜，它将减少到一吻。
你无从获知两者之中谁更短促：
是你的一生，还是一昼夜的蝴蝶？
蝴蝶太美了，反而显得残忍。

1988.12.19

玫　瑰

第一次凋谢后，不会再有玫瑰。
最美丽的往往也是最后的。
尖锐的火焰刺破前额，
我无法避开这来自冥界的热病。
玫瑰与从前的风暴连成一片。
我知道她向往鲜艳的肉体，
但比人们所想象的更加阴郁。

往日的玫瑰泣不成声。
她溢出耳朵前已经枯竭了。
正在盛开的，还能盛开多久？
玫瑰之恋痛饮过那么多情人，

如今他们衰老得像高处的杯子，
失手时感到从未有过的平静。

所有的玫瑰中被拿掉了一朵。
为了她，我将错过晚年的幽邃之火。
如果我在写作，她是最痛的语言。
我写了那么多书，但什么也不能挽回。
仅一个词就可以结束我的一生，
正如最初的玫瑰，使我一病多年。

雏 菊

雏菊的昨夜在阳光中颤抖。
一扇突然关闭的窗户闯进身体，
我听见婴孩开成花朵的声音。
裙子如流水，没有遮住什么，
正像怀里的雏菊一无所求，
四周莫名地闪着几颗牙齿。
一个四岁的女孩想吃黄金。

雏菊的侧面从事端闪回肉体，
雨水与记忆掺和到暗处，
这含混的，入骨而行的极限之痛，
我从中归来的时候已经周身冰雪。
那时满地的雏菊红得像疾病，
我嗅到了其中的火，却道天气转凉。
一个十二岁的女孩穿上衣服。

花园一闪就不见了。

稀疏的秋天从头上飘落，

太阳像某种缺陷，有了几分雪意。

对于迟来者，雏菊是白天的夜曲，

经过弹了就忘的手直达月亮。

人体的内部自花蕊溢出，

像空谷来风不理会风中之哭。

一个十七岁的少女远嫁何方？

1988.11.29

彗　星

太短促的光芒可以任意照耀

有时光芒所带来的黑暗比黑暗更多。

屋里的灯微弱不均地亮到天明，

一颗彗星死了，但与预想无关。

人要走到多高的地方才能坠落？

如空气的目击者俯身向下，

寻找自身曾经消逝的古老痕迹。

我不知道正在消逝的是老人还是孩子，

死亡太高深了，让我不敢去死。

一个我们称之为天才的人能活多久？

彗星被与它相似的名称夺走。

时间比突破四周的下颌高出一些，

它迫使人们向上，向高处的某种显露，

向屋顶阴影的漂移之手。
彗星突然亮了，正当我走到屋外。
我没想到眼睛最后会闪现出来，
光芒来得太快，几乎使我瞎掉。

1988.12.4

秋　天

让我倒向离我而去的亲人的怀抱吧！
倒向我每日散步的插图里的空地。
那谜一样开满空地的少年的邂逅，
他晒够了太阳，掉头走进树荫。
再让我歌唱夏日为时已晚，
那么让我忘掉初恋，面对世界痛哭。
哦秋天，不要这样迷惘！

不要让一些往事雪一样从头顶落下，
让另一些往事像推迟发育的肩膀
在渐渐稀少的阳光中发抖。
我担心我会从岔开的小路错过归途。
是否一个少女在走来，要靠近我时
倒下了？是否一天的太阳分两天照耀？

当花园从对面倾斜的屋顶反射过来。
所有的花园起初都仅仅是个梦。
我要揉碎这些迷梦，但两手在空中
突然停住。我为自己难过。

一想到这是秋天我就宽恕了自己，
宽恕自己也就宽恕了世界。
哦心儿，不要这样高傲！

1988.12.12

初　雪

下雪之前是阳光明媚的顾盼。
我回头看见家园在一枚果子里飘零，
大地的粮食燃到了身上。
玉碎宫倾的美人被深藏，被暗恋。

移步到另一个夏天。移步之前
我已僵直不动，面目停滞，
然后雪先于天空落下。
植物光秃秃的气味潜行于白昼，
带着我每天的空想，苍白之火，火之书。
看雪落下是怎样一种恩典和忧伤，
并且，雪落下的样子是多么奇妙！
谁在那边踏雪，终生不曾归来？

踏雪之前，我被另外的名字倾听。
风暴卷着羊群吹过我的面颊，
但我全然不知。
我生命中的某一天永远在下雪，
永远有一种忘却没法告诉世界，
那儿，阳光感到与生俱来的寒冷。

初雪，忘却，相似的茫无所知的美。

何以初雪迟迟不肯落下？

下雪之前，没有什么是洁白的。

1988.12.14

老　人

他向晚而立的样子让人伤感。

一阵来风就可以将他吹走，

但还是让他留在我的身后。

老年和青春，两种真实都天真无邪。

风景在无人关闭的窗前冷落下来。

遥远的窗户，无言以对的四周，

一条走廊穿过许多早晨。

两端的花园低音持续。

应该将哭泣和珍珠串在一起，

围绕那些雪白的刺眼的

那些依稀夏日的一再回头。

我回头看见了什么呢？

老人还在身后，没有被风吹走。

有风的地方就有临风站立的下午，

但老人已从远处回到室内。

风中的男孩引颈向晚，

怀抱着落日下沉。

在黑暗中，盲目是光之起源，

如果我所看见的是哀悼光芒的老人。

1988.12.16

书　卷

白昼，眼睛的陷落，
言词和光线隐入肉体。
伸出的手使知觉萦绕或下垂。
如此肯定地闭上眼睛，
为了那些已经或将要读到的书卷。

当光线在灰烬暗淡的头颅聚集，
怀里的书高得下雪，视野多雾。
那样的智慧显然有些昏厥。
白昼没有外形，它将隐入肉体。
如果眼睛不曾闭上，
谁洋溢得像一个词但并不说出？

老来我阅读，披着火焰或饥饿。
饥饿是火的粮食，火是雪的舌头。
我看见镜子和对面的书房，
飞鸟以剪刀的形状横布天空。
阅读就是把光线置于剪刀之下。
告诉那些汲水者，诸神渴了，
知识在焚烧，像奇异的时装。
紧身的时代，谁赤裸得像皇帝？

1988.12.29海口—成都

拒 绝

并无必要囤积，并无必要
丰收。那些被风吹落的果子，
那些阳光燃红的鱼群，撞在额头上的
众鸟，足够我们一生。

并无必要成长，并无必要
永生。一些来自我们肉体的日子
在另一些归于泥土的日子里
吹拂。它们轻轻吹拂着泪水
和面颊，吹拂着波浪中下沉的屋顶。

而来自我们内心的警告像拳头一样
紧握着，在头上挥舞。并无必要
考虑，并无必要服从。
当刀刃卷起我们无辜的舌头，
当真理像胃痛一样难以忍受

和咽下，并无必要申诉。
并无必要穿梭于呼啸而来的喇叭。

并无必要许诺，并无必要
赞颂。一只措辞学的喇叭是对世界的
一个威胁。它威胁了物质的耳朵，
并在耳朵里密谋，抽去耳朵里面
物质的维系，使之发抖，
使之在一片精神的怒斥声中
变得软弱无力。并无必要坚强。

并无必要在另一个名字里被传颂
或被诅咒，并无必要牢记。
一颗心将在所有人的心中停止跳动，
将在权力集中起来的骨头里
塑造自己的血。并无必要
用只剩几根骨头的信仰去惩罚肉体。

并无必要饶恕，并无必要
怜悯。漂泊者永远漂泊，
种植者颗粒无收。并无必要
奉献，并无必要获得。

种植者视碱性的妻子为玉米人。
当鞭子一样的饥饿骤然落下，
并无必要拷打良心上的玉米，
或为玉米寻找一滴眼泪，
一粒玫瑰的种子。并无必要

用我们的饥饿去换玉米中的儿子，

并眼看着他背叛自己的血统。

1990.4.5 于成都

拒　绝

傍晚穿过广场

我不知道一个过去年代的广场
从何而始，从何而终。
有的人用一小时穿过广场，
有的人用一生——
早晨是孩子，傍晚已是垂暮之人。
我不知道还要在夕光中走出多远才能
停住脚步。

还要在夕光中眺望多久
才能闭上眼睛？当高速行驶的汽车
打开刺目的车灯。
那些曾在一个明媚早晨穿过广场的人，
我从汽车的后视镜看见过他们一闪即逝
的面孔。
傍晚他们乘车离去。

一个无人离去的地方不是广场，

一个无人倒下的地方也不是。

离去的重新归来，倒下的却永远倒下了。

一种叫做石头的东西

迅速地堆积，屹立，

不像骨头的生长需要一百年的时间，

也不像骨头那么软弱。

每个广场都有一个用石头垒起来的脑袋，

使两手空空的人们感到生存的

分量。以巨大的石头脑袋去思考和仰望，

对任何人都不是一件轻松的事。

石头的重量

减轻了人们肩上的责任、爱情和牺牲。

或许人们会在一个明媚的早晨穿过广场，

张开手臂在四面来风中柔情地拥抱。

但当黑夜降临，双手就变得沉重。

唯一的发光体是脑袋里的石头，

唯一刺向脑袋的利剑悄然坠地。

黑暗和寒冷在上升。

广场周围的高层建筑穿上了瓷和玻璃的时装。

一切变得矮小了。石头的世界

在玻璃反射出来的世界中轻轻浮起，

像是涂在孩子们作业本上的

一个随时会被撕下来揉成一团的阴沉念头。

汽车疾驶而过，把流水的速度
倾注到有着钢铁筋骨的庞大混凝土制度中，
赋予寂静以喇叭的形状。
过去年代的广场从汽车的后视镜消失了。

永远消失了——
一个青春期的、初恋的、布满粉刺的广场。
一个从未在账单和死亡通知书上出现的广场。
一个露出胸膛、挽起衣袖、扎紧腰带，
一个双手使劲搓洗的带补丁的广场。

一个通过年轻的血液流到身体之外，
用舌头去舔、用前额去磕、用旗帜去覆盖
的广场。

空想的、消失的、不复存在的广场，
像下了一夜的大雪在早晨停住。
一种纯洁而神秘的融化
在良心和眼睛里交替闪耀，
一部分成为叫做泪水的东西，
一部分在叫做石头的东西里变得坚硬起来。

石头的世界崩溃了。
一个软组织的世界爬到高处。
整个过程就像泉水从吸管离开矿物，
进入蒸馏过的、密封的、有着精美包装的空间。
我乘坐高速电梯在雨天的伞柄里上升。

回到地面时，我抬头看见雨伞一样撑开的
一座圆形餐厅在城市上空旋转。
这是一顶从魔法变出来的帽子，
它的尺寸并不适合
用石头垒起来的巨人的脑袋。

那些曾经托起广场的手臂放了下来。
如今巨人靠一柄短剑来支撑。
它会不会刺破什么呢？比如，曾经有过的
一场在纸上掀起，在墙上张贴的脆弱革命？

从来没有一种力量
能把两个不同的世界长久地粘在一起。
一个反复张贴的脑袋最终将被撕去。
反复粉刷的墙壁，
被露出大腿的混血女郎占据了一半。
另一半是安装假肢、头发再生之类的诱人广告。

一辆婴儿车静静地停在傍晚的广场上，
静静地，和这个快要发疯的世界没有关系。
我猜婴儿车与落日之间的距离
有一百年之遥。
这是近乎无限的尺度，足以测量
穿过广场所经历的一个幽闭时代有多么漫长。

对幽闭的普遍恐惧，
使人们从各自的栖居云集广场，
把一生中的孤独时刻变成热烈的节日。

但在栖居深处，在爱与死的默默注目礼中，
一个空无人迹的影子广场被珍藏着，
像紧闭的忏悔室只属于内心的秘密。

是否穿过广场之前必须穿过内心的黑暗？
现在黑暗中最黑的两个世界合成一体，
坚硬的石头脑袋被劈开，
利剑在黑暗中闪闪发光。

如果我能用劈成两半的神秘黑夜
去解释一个双脚踏在大地上的明媚早晨——
如果我能沿着洒满晨曦的台阶
登上虚无之巅的巨人的肩膀，
不是为了升起，而是为了陨落——
如果黄金镌刻的铭文不是为了被传颂，
而是为了被抹去，被遗忘，被践踏——

正如一个被践踏的广场必将落到践踏者头上，
那些曾在明媚的早晨穿过广场的人，
他们的步伐迟早会落到利剑之上，
像必将落下的棺盖落到棺材上那么沉重。
躺在里面的不是我，也不是
行走在剑刃上的人。

我没想到这么多的人会在一个明媚的早晨
穿过广场，避开孤独和永生。
他们是幽闭时代的幸存者。
我没想到他们会在傍晚离去

或倒下。

一个无人倒下的地方不是广场，
一个无人站立的地方也不是。
我曾经是站着的吗？还要站立多久？
毕竟我和那些倒下去的人一样，
从来不是一个永生者。

1990.9.18 于成都

墨 水 瓶

纸脸起伏的遥远冬天，
狂风掀动纸的屋顶，
露出笔尖上吸满墨水的脑袋。

如果钢笔拧紧了笔盖，
就只好用削过的铅笔书写。
一个长腿蚊的冬天以风的姿势快速移动。
我看见落到雪地上的深深黑夜，
以及墨水和橡皮之间的
一张白纸。

已经拧紧的笔盖，谁把它拧开了？
已经用铅笔写过一遍的日子，
谁用吸墨水的笔重新写了一遍？

覆盖，永无休止的覆盖。

我一生中的散步被车站和机场覆盖。
擦肩而过的美丽面孔被几个固定的词
覆盖。
大地上真实而遥远的冬天
被人造的220伏的冬天覆盖。
绿色的田野被灰蒙蒙的一片屋顶覆盖。

而当我孤独的书房落到纸上,
被墨水一样滴落下来的集体宿舍覆盖,
谁是那倾斜的墨水瓶?

1990.12.17 于成都

墨水瓶

交 谈

在寂静的客厅里我们交谈了一小时，
空旷、清澈。总是在这样的时刻，
我回头去看一张美丽的面孔
一闪就不见了。一小时的冬天反映在落日里。
我辞别主人时天色已经变暗，
屋里亮着灯，街上的灯也都一起亮了。

看见一张美丽的面孔既幸福又伤心。
在她之前的一切面孔是多么迷惘和短暂。
一小时的注视，这就够了：
客厅通向厨房，冰凉的小手
通向旧日子的一顿晚餐，
远在我伸手去碰纯银的餐具之前。

一小时的交谈，散发出银质的寒冷。
美丽的面孔一闪就不见了。

总是在这样的时刻我回头去看——
客厅里灯光明亮，然而深掩的面孔
不是光芒所能照耀的。深处的交谈
无声无息。一小时的交谈——
十年前，我们是否会谈上一夜？

像忍住泪水那样忍住一小时的柔情怜意。
我的余生不会比这一小时更久长。
消逝是幸福的：美丽的面孔
一闪就不见了。总是在这样的时刻
天色开始变暗。女儿嘟着嘴，
有人在轻轻地敲门。

1991.2.1 于成都

早晨醒来

哦，天哪，不要再打开冰箱。

你看窗外那些煽动阳光的鸟儿，

它们在缓缓降下的屋顶后面变成了波浪。

我有了你所迷恋的白色躺椅，

你可以坐下，不用到阳光中去，

也不用在阴影中久久伫立，看着窗外。

在列车驶过急迫的弯道和斜坡

之前，在旅程进入隧道

之前，早晨是明媚的。

我看见一个白雪的肩膀在哆嗦。

多年前的早晨，一份点心降临到头上，

一个车站像高处的石头滚落到脚下，

我已无力把你的座位推回到空中。

1991.2.23 于成都

春 之 声

从灰暗的外套翻出红色毛衣领子，
高高地挽起裤脚，赤足蹚过小河，
喉咙感到融雪的强烈刺痛，
春天的咕咕水泡冒出大地。

早晨翻过身来，阳光灼烧的脊背
像一面斜坡朝午后的低洼处泛起。
春天的有力曲线削弱了
蜷伏在人体里的慵懒黑猫。

梦中到来的大海，我紧紧压住的胸口
在经历了冬眠和干旱之后，又将经历
爱情的滚滚洪水和一束玫瑰。
我的头上野蜂飞舞。

从前是这样：当我动身去远方，

春天的闷罐车已经没有座位。
春天的黑色汽笛涌上指尖，
我放下了捂住耳朵的双手。

现在依旧是这样：春天的四轮马车
在天空中奔驰，我步行回到故乡。
春天的热线电话响成一片。
要是听不到老虎，就只好去听蟋蟀。

1991.3.5 于成都

星期日的钥匙

钥匙在星期日早上的阳光中晃动。
深夜归来的人回不了自己的家。
钥匙进入锁孔的声音，不像敲门声
那么遥远，梦中的地址更为可靠。

当我横穿郊外公路，所有车灯
突然熄灭。在我头上的无限星空里
有人捏住了自行车的刹把。倾斜，
一秒钟的倾斜，我听到钥匙掉在地上。

许多年前的一串钥匙在阳光中晃动。
我拾起了它，但不知它后面的手
隐匿在何处？星期六之前的所有日子
都上了锁，我不知道该打开哪一把。

现在是星期日。所有房间

全部神秘地敞开。我扔掉钥匙。

走进任何一间房屋都用不着敲门。

世界如此拥挤，屋里却空无一人。

1991.8.23 于成都

空中小站

下午，我在途中。
远方的小火车站像狼眼睛一样闪耀。

火车站并不远，天黑前能够到达。
我要去的地方是没有黑夜的城市。
警察局长的办公桌放在空无一人的
广场中央，大街上的行人是雕塑，
密探的面孔像雨水在速写的墨水中
变成深色。汽笛响过后
无人乘坐的火车
开出车站，我错过了开车的时间。

有一座上层建筑，顶端是花园。
有一个空中小站，悬于花园之上。
有一段楼梯，高出我的视野。
有一次旅行，通向我对面的座位。

而我从未去过的城市，狂欢的
露天晚宴持续到天明，吹了一夜的风
突然停止，邮件和人事档案漫天飘落。

下午，我在途中。
远方有一个
高于广场和上层建筑的空中小站。

1992.2.15

晚　餐

香料接触风吹
之后，进入火焰的熟食并没有
进入生铁。锅底沉积多年的白雪
从指尖上升到头颅，晚餐
一直持续到我的垂暮之年。
不会
再有早晨了。在昨夜，在点蜡烛的
街头餐馆，我要了双份的
卷心菜，空心菜，生鱼片和香肠，
摇晃的啤酒泡沫悬挂。
清账之后，
一根用手工磨成的象牙牙签
在疏松的齿间，在食物的日蚀深处
慢慢搅动。不会再有早晨了。
晚间新闻在深夜又重播了一遍。
其中有一则讣告：死者是第二次

死去。

短暂地注视，温柔地诉说，

为了那些长久以来一直在倾听

和注视我的人。我已替亡灵付账。

不会再有早晨了，也不会

再有夜晚。

1992.6.15 于成都

电 梯 中

电梯就要下降，苹果递了过来
作为对想象力的补充。挤出人群
你就能进来。要是上班到得太早，
苹果还在树上，正如新一代拒绝成长。

你以为电梯下降时他们会留在天空中？
要是你上班来迟了，就索性再迟一些。
接班的含义是，两个紧紧相挨的座位
彼此交换了运气和门牌号码。

权力有一张终于被忘记的脸，
它是从打了记号的扑克挑选出来的。
一个挣钱比别人多的人总是缺钱花，
当他开始欠钱，就会变得阔绰起来。

你脸上的微笑是胶水粘上去的，

我能从中闻到一股化学变化的气味。
你哭泣的样子像是假装在哭泣，
你真的以为泪水是没有骨头的吗？

带上你的女儿，美容院
能从她的美貌去掉不断成长的美。
但是剩下的依然在成长，衰老不过是
美在变得更美时颤栗了。

这一切只能从心灵去解释。
整座城市压在你的身上，超出了
心脏病的重量。为什么是在天空中？
苹果突然坠落，电梯来不及下降。

1993.2.7 于成都

关于市场经济的虚构笔记

1

从任何变得比它自身更小的窗户
都能看到这个国家，车站后面还是车站。
你的眼睛后面隐藏着一双快速移动的
摄影机的眼睛，喉咙里有一个带旋钮的
通向高压电流的喉咙：录下来的声音，
像剪刀下的卡通动作临时凑在一起，
构成了我们这个时代的视觉特征。
一列蒸汽火车驶离装饰过的现实，一个口号
使庞大的重工业变得轻浮。在口号反面的
广告节目里，政治家走向沿街叫卖的
银行家的封面肖像，手中的望远镜
颠倒过来。他看到的是更为遥远的公众。

2

银行家会不会举手反对省吃俭用的
计划经济的政治美德？花光了挣来的钱，
就花欠下的。如果你把已经花掉的钱
再花一遍，就会变得比存进银行更多，
也更可靠。但是无论你挣多少钱，
数过一遍就变成了假的。一切都在增长
和变化，除了打光子弹的玩具枪，
除了从魔术掏出来的零用钱。
伪装的自传，渗透到公众利益的基础，
从个人积蓄去掉时间，去掉先知先觉的
冰冷常识。如果还不是什么都不需要，幸福
就会越来越少。够吃就行了，没有必要丰收。

3

道德和权力的怀乡病在一句子里
加了括号，不能集中到一个人的嘴上。
你将眼看着身体里长出一个老人，
与感官的玫瑰重合，像什么
就曾经是什么。机器时代的成长
总是在一秒钟的晕眩里嫌一生太漫长。
你知道自己重视的是青春，却选择了一门
到老年才带来荣耀的技艺。要想在年轻时
挥霍老年的巨大财富，必须借助虚无的力量
成为自己身上的死者。大海难以描述的颜色

穿插进来，把你的面孔变成纷乱的小雨，
在加了一道黑边的镜框里突然亮起来。

4

不要那么看重死后的名声，它们
并不真的存在，你能从中腾出手来
去拆一封生前的信。肉体的交谈
没有固定不变的邮政地址，它只对来世
有约束力。只要黑色还在玫瑰中坚持，
爱情就只能通过远处的目光加以注视。
等号后面的目光，它对现存事物的看法
带有回忆录的梦幻性质。要是你转身
转得够快，要是我用第一人称来称呼你：
你可以选择被遗忘还是被记住，下来
还是高踞其上。楼梯已经折叠起来。
你可以取消你的座位，也可以让它停在空中。

5

你试图拯救每天的形象：你的家庭生活
将获得一种走了样的国际风格，一种
肥皂剧的轻松调子。凡是曾经出现的
都没有被预言过。美就是对器皿
的空想，先有了一条像空气那么自由的裙子，
然后有一个适合它的腰。你知道色情
比温情更能给女人带来一种理想的美，
其中悲哀的真实成分比假设的、比你

预先想到的还多。干枯的满天星
落到花瓶里，形成腰部紧束的女人
精神阴暗的另一面。而你满脑袋都是韵脚，
一屁股的欠债像汽水往外冒泡。

6

你谈到旧日女友时引用了新近写下的
一行赞美诗。在头韵和腰韵之间，你假定
肉体之爱是一个叙述中套叙述的
重复过程。重复：措辞的乌托邦。
由此而来的下一个不在此时
此地，其面相带有小地方长大的人
特有的狡黠，加快了来到大城市的步伐。
上班时你混在人群中去见顶头上司，这表明
日出是一种集体印象，与早期教育
所培养的乡土气融成一片。现在没有人
还会惦记故乡，身在何处有什么关系？
飘忽不定的心情，碰巧你是伤感的。

7

为什么总是那么好，为什么不能
次一些？约会时你到得比上班还晚。
一只脚紧紧踩住加速器，另一只脚
踩在刹车上面。不要向身后回望，
中午的快餐退出视野后会变得广阔起来，
就像暴风雨变成某种性格，在一幅油画中

从推窗可见的田园景色分离出来。
实际上你不可能从旧时代和新生活
去赴同一顿晚餐，幸福
有两种结局，它们都是平庸的。
如果你来晚了就总是来得太晚，
如果来得早了一点，约会就将取消。

8

起初你要什么，主人就在杯子里
给你斟满什么。现在杯子里是什么
你就得喝什么。下一个轮到你去白净的
洗手间，把想要呕吐的全部呕吐出来。
这顿午餐在本质上是黑夜。要是它的真实性
再减少一些，看上去就会像催眠似的
让人着迷。从中裂开的幽暗酒吧，
对于一把餐刀是开心果，但如果使用的
是筷子，仅有的饥饿将倾向于放弃肉体。
食谱里的花朵，是否能够借助光线的变化
显示被风刮过，或是被刀子扎过的
不同黑暗？尽管触及黑暗的花梗已经折断。

9

起伏的蛇腰穿过两端，其长度
可以任意延长，只要事物的短暂性
还在起作用。犯人在被抓住之后
才有面孔，然而本来就不那么肯定的证据

关于市场经济的虚构笔记

否定不了什么，也不可能被否定。
辩护词是从另一桩案子摘抄下来的，
其要点写进了教科书。从前的进修生
摇身变成法官，他的外省口音
听上去带有大蒜发芽的味道，使两个
彼此接近的事实变得必须单独面对。
法律从嗓子沙哑的遗产纠纷中取消了
抑扬格，把它转变成一道空想的象棋难题。

10

这个国家只有一个窗口出售车票。火车
就要进站了。你想象自己在空中居住，
有一个偶然想到的地址，和一个
天文数字构成的电话号码。当你散步
经过保险公司，终生积蓄像搓过的耳朵
来到烈酒表面，也许它们最终将在羞涩
和屈辱的相互忘却之间冻得通红。硬币
或纸币：你不可能成为甜蜜生活的骨头。
眼睛充满安静的泪水，与怒火保持恰当的
比例。河流总是在远方。大地上的列车
按照正确的时间法则行驶，不带抒情成分。
你知道自己不是新一代人。"忘记我在这里。"

1993.2 于成都

纸币、硬币

1

面部处于重叠的机构，缺少官方特征。
远山的有力轮廓涌向一只鼻子。画框内
秋天以速写笔触展开它狂野的肺。
乌鸦坠地，像外星人的鞋子，其尺寸
适合年轻人外出：他们的全部课程
都由死者讲授。谁也无法精确地描述
一个身边的女人的细碎之美，她的住处
在书本之外。而我已走上了纸的行程。

搬来椅子却不请朋友坐下。一种
从家族婚姻史弥漫开来的单身乐趣
经受不住镜子的破碎。A大调鳟鱼
在刀叉上深深挣扎，我听到人们赞美

鱼刺和角闪石，我看到黄金从现款撤回。
灵魂的交易并不复杂。我起身离开餐桌。
一个教授的职位从物价上升到双鱼星座，
它是航空快件寄来的，经历了缓慢的牙痛。

现在我知道我在官方教科书中
头发是灰白的。我举手发言，但教授
还在邮寄的路上。秋天，旅途向西
带着不同政见的波纹和刻度
在肺叶中散发，其辐射状被内心的蜘蛛
保存下来。纸上的旅行，把贫富差异
转变成向左旋转的轮盘赌：有人用左手
去试右手带来的运气。硬币抛向天空。

所有这些不切实际的财产最终被看作
表格里的空想。用明月铸造的货币
其能见度未经雕琢。守旧的式样，
我从中清晰地看到了分类的痕迹，
以及二元对立的力量。这是谁的过错：
我将使用可兰经书上的古奥字句
去向银行职员讨公道价格，我将
在冷藏柜里写作。读者：讲德语的鳟鱼。

理性时代过去了。我至今没有读到
老年黑格尔的手稿，他是否摘下眼镜
焚毁了毕生的图书馆？从一颗冷静的头脑
产生出来的狂热头脑是如此坚定，
当他加快思想拍卖的步伐，当他用手套

去换双手的冰冷骨头。而我并不相信
新世界的一致性幽灵。到处的零星材料
被处死，它们拒绝了集体主义的温情。

有两个腰，或者有一百万个想法
却听命于一颗广泛张贴的脑袋是懒散
和懦弱的。一段事先写下的对话
充满印刷错误。书架上的火车站
沿着老式楼梯来到天空中的旅程，我怀疑
我是从青年黑格尔搭乘的列车上醒来。
可怕的高度：那时大地上并没有铁轨和电梯，
不然死人中的不朽者将会上升得更快。

真正可怕的是：一个人死了还在成长。
那么多性急的年轻人出现在他的盛名
和脱身术中，可疑的地址传递到我手上。
一封私人来信被赋予了群众性，
但这并不意味着它是合法的，因为法律
无力维护死人中的多数人。它也不是
可读的：我读到的是一份心脏病历，
却被一个牙科医生敲掉了牙齿。

以书本观点看待肉体事实的多变
会从中获得光亮。但肉体本身是多么幽暗！
即使落日变成一笔金钱直接去痛哭。
这一切对文明的进步是一支毫无用处的蜡烛。
当泪水像吸毒一样上升到头发，当它执意
上升，而我潜心于年深日久的诗歌教义。

纸币、硬币

从卑微的世俗生活表达智慧的骄傲，

得到了时间的肯定：两者都是骷髅的舞蹈。

2

让阿里可尼断续的声音进入秋天。

那不是电脑网络里一只向下移动的老鼠

或统计学的一个稻草人。分界线

像两扇门之间的缝隙在合拢。水和雾

从远处被照亮。磨光的片言只语的鸟

隐身于刀刃般闪开的波浪线条中，

周围是一些小而轻的擦痕。美貌

如果是有灵魂的，那么，如何解释冲动？

灵魂如果指导着誓言，这就不是她。

她受到责问的忠诚，她狼藉的贞操。

我被告知这是但又不是克瑞西达。

美并不总是道德的敌人，尽管它缺少

道德的压迫感。现在一个逻各斯

变成两个逻各斯，圆圈变成了椭圆，

而那适合儿童的魔法世界正在消逝。

理智丢光了，却仍然保持骑士的体面。

法兰西人躲进阿尔都塞的活页脑袋

阅读忧郁的《资本论》。英国人为快乐

而活着，他们的皇室在长茎玫瑰上摇摆，

似乎私生活只是一种扰乱，一种从分割

得到赞美的古老等级。犹太人把专业化

看作神经的失败，他们转而祈求工具理性，
这同样是危险的。在美国，财富和闲暇
患了视觉上的无口才症，风景一片寂静。

绝顶聪明的人对于比别人聪明感到内疚。
在真相中，他们有眼睛但并不睁开，
因为他们将重新发现人类事物的乌有，
发现其他星球的水已上升到青草的覆盖。
两腿之间的水，有一个像嘴唇那样缩小
像花瓣那样飞扑的形状。空间的轻盈
是迷人的，当我倾听那对时间的自相缠绕
感到困惑的阿里可尼断续的声音。

那湿润的，刺耳的。手术刀像一阵风暴
从子宫刮削而过，使布景悬浮起来
像鲑鱼网一样撒开。但这不是她的面貌，
伤心的特洛伊罗思对观众说。很快
他将从下一代的单一性之梦退出，
因为他们的机器面孔使独裁者着迷。
而我从梦境看到了从前的行刑队伍，
轮子疯狂地转动，但不接触大地。

这是随意插进对话的一个虚幻场面。
她忘记了莎士比亚的台词，但生活
还得继续下去。为此她嫁给了生前
碰上的一个影子。两个世界的泡沫
堆在头上就像肉体之爱是死者的行为，
是悲剧的和超时间的。黄昏，花园里，

纸币、硬币

我和她擦肩而过。在舞台上她可能更美，
但平庸生活使她不安的美得到了休息。

在不照镜子的面孔中月亮为谁而哭？
特洛伊罗思被捆住的舌头会不会
从北方的雄辩地貌汲取大海的起伏，
证实克瑞西达之恋超出了镜子的范围？
那从牧师身份整理出来的信仰变化
像变化之前那么可疑，不变的则被推迟，
偏离了本地人的南方口音。他们的对话
不在阿基米得点上，从来如此。

这一切意味着表演的极度残忍。
某个暂时可以相处的声音将留下不走，
因为最后一个裸体是忧郁的机器人，
他的简化型头脑像巨大的漏斗
站在漏掉的幸福一边。我看见水的王国
朝火星迁移。人们坐在雾和波浪上面，
总有一个位子是空着的，留给独裁者坐。
那么，让阿里可尼断续的声音进入秋天。

1994.5 于华盛顿

哈姆雷特

在一个角色里待久了会显得孤立。
但这只是鬼魂，面具后面的呼吸，
对于到处传来的掌声他听到的太多，
尽管越来越宁静的天空丝毫不起波浪。

他来到舞台当中，灯光一起亮了。
他内心的黑暗对我们始终是个谜。
衰老的人不在镜中仍然是衰老的，
而在老人中老去的是一个多么美的美少年！

美迫使他为自己的孤立辩护，
尤其是那种受到器官催促的美。
紧接着美受到催促的是篡位者的步伐，
是否一个死人在我们身上践踏他？

关于死亡，人只能试着像在梦里一样生活。

（如果花朵能够试着像雪崩一样开放。）
庞大的宫廷乐队与迷迭香的层层叶子
缠绕在一起，歌剧的嗓子恢复了从前的厌倦。

暴风雨像漏斗和漩涡越来越小，
它的汇合点直达一个帝国的腐朽根基。
正如双子星座的变体登上剑刃高处，
从不吹拂舞台之外那些秋风萧瑟的头颅。

舞台周围的风景带有纯属肉体的虚构性。
旁观者从中获得了无法施展的愤怒，
当一个死人中的年轻人被鞭子反过来抽打，
当他穿过血淋淋的统治变得热泪滚滚。

而我们也将长久地，不能抑制地痛哭。
对于我们身上被突然唤起的死人的力量，
天空下面的草地是多么宁静，
在草地上漫步的人是多么幸福，多么蠢。

1994.12.8 于华盛顿

去雅典的鞋子

这地方已经待够了。
总得去一趟雅典——
多年来，你赤脚在田野里行走。
梦中人留下一双去雅典的鞋子，
你却在纽约把它脱下。

在纽约街头你开鞋店，
贩卖家乡人懒散的手工活路，
贩卖他们从动物换来的脚印，
从春天树木砍下来的双腿——
这一切对文明是有吸引力的。

但是尤利西斯的鞋子
未必适合你梦想中的美国，
也未必适合观光时代的雅典之旅。
那样的鞋子穿在脚上，

未必会使文明人走向荷马。

他们不会用砍伐的树木行走，
也不会花钱去买死人的鞋子，
即使花掉的是死人的金钱。
一双气味扰人的鞋要走出多远
才能长出适合它的双脚？

关掉你的鞋店。请想象
巨兽穿上彬彬有礼的鞋
去赴中产阶级的体面晚餐。
请想象一只孤零零的芭蕾舞脚尖
在巨兽的不眠夜踮起。

请想象一个人失去双腿之后
仍然在奔跑。雅典远在千里之外。
哦孤独的长跑者：多年来
他的假肢有力地敲打大地，
他的鞋子在深渊飞翔——

你未必希望那是雅典之旅的鞋子。

1995.2.9 于华盛顿

诗 歌

风筝火鸟

飞起来，飞起来该多好，
但飞起来的并非都举着杯子。

我对香槟酒到处都在相碰感到厌倦了。
这是春天，人人都在呕吐。

是呕吐出来的楼梯在飞翔，
是一座摩天楼从胃里呕吐出来。

生活的账单随四月的风刮了过去。
然后剃刀接着刮，五月接着刮。

是的，自由人的身体是词语做的，
可以随手扔进废纸篓。

也可以和天使的身体对折起来，

获得天上的永久地址。

鸟儿从邮差手里递了过来，
按照风的原样保持在吹拂中。

无论这是朝向剪刀飞翔的鸟儿，
印刷的、沿街张贴的鸟儿；

还是铁丝缠身的竹子的鸟儿，
被处以火刑的纸的鸟儿——

你首先是灰烬
然后仍旧是灰烬。

一根断线，两端都连着狂风。
救火车在大地上急驰。

但这壮烈的大火是天上的事情。
手里的杯子高高抛起。

没有人知道，飞翔在一人独醒的天空，
那种迷醉，那种玉石俱焚的迷醉。

1995.2.17

诗 歌

感 恩 节

1

从火星人的窗口看不出昨夜的雪
是真的在下，还是为蜜月旅行
搭的一片纸风景。这是感恩节，
死者动身去消化不良的火星，
赴生前的火鸡婚礼。相对论的时间
以冰镇和腌制两种速度迎风招展。

上帝是接线员，你可以从本地电话局
给外星人打电话。警车快得像刽子手
快追上子弹时转入一个逆喻，
一切在玩具枪的射程内。车祸被小偷
偷走了轮子，但你可以用麻雀脚
捆住韵脚行走，越过稻草人的投票

直接去见弹弓王。整体不过是
用少数人的零去乘任何多数，包括
鬼魂的多数。手铐将会铐上两次，
一次作为零，一次作为无穷多。
但双手总是能挣脱出来：你给了死者
一个舞台，却让台下的椅子空着。

本地人搬走了那些椅子。足球场
飞向按月付费的天空，没有守门员。
多么奇异的比赛：鸟儿碰到网
改变了飞翔的性质。鱼自动跃出水面
咬住修辞的饵。你是去火星旅行，
中途停下来垂钓。哦变化的风景

从一个女儿身变出了这么多
美人鱼，却从小不穿裙子，
宁可被穿裤子的云远远看作
舞蹈的水，一种踮起足尖的凝视，
高出变对不变的理解。没有人否定
完全地沉浸于感官之美是多么侥幸。

因为美总是带点孩子气。新婚之夜
新郎装扮成老人，真的就老了，
除非新娘从水仙花的摇曳
分离出一个皇后，或一只金丝鸟，
两者都带有手工制作的不真实之美，
却比真的还真，不受炼金术支配。

2

从帝国的时间表看不出小镇落日
是否被睡在闹钟里的加班小姐
拨慢了一小时。火星人的鞋子
商标上写着"中国造"。瞧那杂货老爹
他把玩具枪递给死人伸出的手，
轮到真枪时子弹打光了。剃了阴阳头

你才会去买帽子。这是感恩节，
海上升如苹果树，天空中到处是海水。
你一个猛子扎下去：这口气要憋
就憋个够，但不如换一口气从鸟类
飞入沙丁鱼罐头。你可以在鳕鱼身上
把自我像鱼刺一样吐出。海的肺活量

通过天线网透气。带插孔的处女夜
露出拇指般大小的秃头歌王，
他用力掐住歌剧的脖子。面包屑
撒向饥饿的广场，录音师从长枪
退出短枪：该怎样说服一个刺客
去听格伦·古尔德先生的左倾巴赫

而不是去听右撇子肖邦？如果钢琴家
是国王，他会不会在廉价成衣店推销
他的耳朵，那厌倦的、塞满了象牙
和水泥的耳朵？哦亲爱的，事情可笑

感恩节

就可笑在连一只餐巾纸做的狗熊

也会哭，也会道晚安和珍重。

二者之一将广为人知：火车

有一个电动玩具的大男孩心脏，

车站却被扔出了太空，像方法论的鞋

至今没有落到皮鞋匠的头上。

重要的不是谁仍然在那里，而是

谁已经不在了。想坐下但没有椅子。

这是感恩节。失踪多年的新郎从火鸡

变出来，但新娘嫁给了鳕鱼。蜡烛

在灯火通明的水底世界用鳃呼吸，

火星人吹灭头脑里的微观事物。

多年来，你独自在地球上旅行。

没有人问：为什么不去火星？

1995.2.24 于华盛顿

歌 剧

我听到天上的歌剧院
与各种叫法的鸟儿待在一起
耳朵被一场运动扔向街头

从所有这些搬出歌剧院的椅子
人们听到了天使的合唱队
而我听到了歌剧本身的死亡

一种多么奇异的寂静无声
歌剧在每个人的身上竖起耳朵
却不去倾听女人的心

对于变心的女人我不是没有准备
合唱队就在身旁
我却听到远处一只孤独的小号

在天使的行列中我已倦于歌唱

难以恢复的美如此倦怠

嗓子里的野兽顺从了春天

我听到婴孩的啼哭

被春天的合唱队压了下去

百兽之王在掌声中站起

但是远远在倾听的并非都有耳朵

歌剧的耳朵被捂住

捂不住的被割掉

有人把割下来的耳朵

献给空无一人的歌剧院

椅子从舞台升上天空

是女人的手把耳朵扭转过来

从春天的狂热野兽扭转到一个婴孩

——这是下一代的春天

1995.2.25 于华盛顿

我们的睡眠，我们的饥饿

1

飨宴带着风格的垂涎升起。
侍者们在天空中站立了一夜，
没有梯子可以下来。
蜡烛的微弱光亮独自攀登。
那样一种高度显然不适合你，
当你试着从更高的饥饿去看待幸福。
幸福只是低低吹来的晨风，
弯腰才能碰到。

2

阴影比飨宴更低地低下来
等待豹子出现。豹子的饥饿

是一种精神上的处境，
拥有家族编年史的广阔篇幅，
但不保留咀嚼的锯齿形痕迹，
没有消化，没有排泄，
表达了对食物的敬意
以及对精神洁癖的向往。

3

蝙蝠的出现不需要天空。
蝙蝠紧贴蝙蝠飞来——
这混血的、经过伪装的飞行，
面目是从老鼠变来的，
但是肉体的其他部分
与我们白日所见的鸟类一致。
蝙蝠把阳光涂抹在底片上，加深
我们对睡眠和黑夜的依赖。

4

人在睡眠中发明了一些飞鸟，
一些好听的叫声，洁白的
松弛的羽毛。但它们只是
关于飞行的官方说法。
而蝙蝠没有白天的住处，
它的天空是一个地下天空，
能见度低于一支蜡烛。
吹灭目光，让灰烬安静地升起。

5

睡眠遮蔽睡眠有如蝙蝠收回翅膀。
你在某处待着，起身离去的
是千里之外敲门的豹子，
它的饥饿是一座监狱的饥饿，
自由的门朝向武器敞开。
蝙蝠的天空在早晨消失了，
给大地留下深深刻画的失眠症，
擦亮了黑暗深处的钥匙。

6

你睡去时听到了神秘的敲门声。
是死者在敲门：他们想干什么呢？
在两种真相之间没有门可以推开。
于是你脱下鞋子与豹子交换足迹，
摘下眼镜给近视的蝙蝠戴，
并且拿出伤感的金钱让死者花。
你醒来时发现身上的锁链
像豹子的优美条纹长进肉里。

7

孑然一身站在大地上的人，
被天空中躺下的人重重压着。
躺下来的身体多少有些相似，

我们的睡眠，我们的饥饿

差异性如其他动物的皮毛

在睡眠中闪耀。一条羊毛毯子

从星空滑落下来，覆盖你的蝴蝶梦，

但梦中并没有一张床让你躺下。

你未必希望睡在天上。

8

多年来，你在等一顿天上的晚餐。

那些迟来的人从老式楼梯

走了上来，但没有椅子可以坐下。

对我们是合在一起的食物，

对豹子则是单独的。这是高贵的飨宴：

你点菜的时候用豹子的艰深语言。

如此博学的饥饿：你几乎

感觉不到饥饿，除非给它一点兽性。

9

食物简洁地升起。谁也不知道

你在晚餐中放了多少盐，

这是生活本身的秘密。

为什么人会在夜里感到口渴？

喝光了大地的水，就喝天上的。

下了一夜的雨需要嗓子和眼睛

来保存，需要一个水龙头来拧紧，

温柔地、细而小地流向羞耻心。

10

水聚集在一起泼都泼不掉。
大海溢出但我们的仓库和杯子
依然是空的。瞧这片大海，
它哪里在乎盛水的身子是含金的
还是朽木的。不要指望无边的幸福
能够为你保存小一些的幸福，
像龋齿中的黑色填充物那么小，
碰到了年深日久的痛楚。

11

牙痛的豹子：随它怎样去捕食吧，
它那辽阔的胃如掌声传开。
但这一切纯属我们头脑里的产物，
采取暴力的高级形式朝心灵移动，
仿佛饥饿是一门古老的技艺，
它的容貌是不起变化的
时间的容貌：食物是它的镜子。
而我们则依赖我们的衰老活到今天。

12

蝙蝠的夜晚是被颠倒的白昼。
在那样一种黑暗中看得很远，
回到光芒就会悲哀地瞎掉。

光芒在蝙蝠身上已经瞎了，

它睁开人类的眼睛

看待自己，视力隐入另一类自然。

作为一只鸟儿的老鼠在飞翔，

但老鼠天性中的鸟儿却失去了天空。

13

如果去赴晚餐，一定是在天上。

双手按下电钮让餐桌静静地升起，

但我们的饥饿真有那么高吗？

当豹子像烈酒一样忍受着丰收

和分配，当蝙蝠在墙上变成白色。

昨夜的雨是你多年前晒过的阳光。

太阳的初次销魂是一支蜡烛，

照耀没人在的卧室和厨房。

1995.3.7 完稿于华盛顿

谁去谁留

黄昏，那小男孩躲在一株植物里
偷听昆虫的内脏。他实际听到的
是昆虫以外的世界：比如，机器的内脏。
落日在男孩脚下滚动有如卡车轮子，
男孩的父亲是卡车司机，
卡车卸空了

　　　停在旷野上。
父亲走到车外，被落日的一声不吭的美惊呆了。
他挂掉响个不停的行动电话，
对男孩说：天边滚动的万事万物都有嘴唇，
但它们只对物自身说话，
只在这些话上建立耳朵和词。

　　　男孩为否定物的耳朵而偷听了内心的耳朵。
他实际上不在听，
却意外听到了一种完全不同的听法——
那男孩发明了自己身上的聋，

他成了飞翔的、幻想的聋子。

　　会不会在凡人的落日后面

另有一个众声喧哗的神迹世界？

会不会另有一个人在听，另有一个落日

　　在沉落？

哦踉跄的天空

大地因没人接听的电话而异常安静。

机器和昆虫彼此没听见心跳，

植物也已连根拔起。

那小男孩的聋变成了梦境，秩序，乡音。

卡车开不动了

　　父亲在埋头修理。

而母亲怀抱落日睡了一会，只是一会，

不知天之将黑，不知老之将至。

　　　　　　　　　　　　1997.4.12 于斯图加特

那么，威尼斯呢

1

考虑那样的变化：生命苦短
不要那么仓促地离开威尼斯，
一个你正在去的地方。在火车上，
你睡过了头，看上去却像整夜没睡。
主要由挤压过的空气构成的睡眠，
气球般瘪了。醒，像浅色衬衣的领子
朝外翻着，比袖口还脏。一路上
到处是配钥匙的摊位，成都，锁着，
打开就是威尼斯：空也打开了。
整个威尼斯空在某处，词汇表，空了。

2

"先生，你这是慢票。"列车

在钝刀子上行驶。是不是换把剃刀，

旅途就能快些：下一站是威尼斯吗？

"没有下一站，先生。"刀片般的景色，

在下颚一闪。所罗门的判断是对的，

意义放弃尾巴后，会像壁虎一样逃走。

除非时间卷了刃，秒，落在分钟后面，

而你不问今夕何夕。现实感

是向昔日好时光借来的，你可以

向奥尔甫斯借听力，向阿基里斯借脚踵。

3

脚疼的威尼斯之旅。一种起泡的感觉

从支气管一直往针管推，一直推到静脉，

那冷风入骨的针尖上。"疼吗？"

女护士在千里外问。针是一次性的，

用完就扔，但你拿用剩的红药水怎么办？

一不留神弄到手上，够你洗几天的。

诊所附近随便扔着些赤脚医生的鞋子，

但没人真的赤脚，连稻草人也穿着鞋

在人事科走动。干旱，被一把雨伞撑开了，

成都的雨，到了威尼斯才开始下。

4

无论你在哪儿下车，风景都一样荒凉。

红辣子的风，涂了层奶酪在吹：祖母绿

吹拂着少年白，黄金吹作碎银子。

变脸的折子戏：马脸一沉的孙大圣

借助超低空的历史舞台在飞行。

而一群唱帮腔的女花腔，用关汉卿

在唱普契尼。西服，换了毛式制服在穿。

月亮，瓷器般升起，它那小心轻放的美

是从腌青菜的坛子里捞出来的。

嗓子腌得太久，已经染上了乡音。

5

你还不是幽灵，却以幽灵般的语气

说起成都：那样一种配电网的知识，

在本地人身上是隐身的。电费被折旧费

拖欠在那儿，只有反着长的头发会那么长，

留了十年才去理。夏利打不起，

还打不起一辆面的吗？总不能

情人约会也挤公车，下车才发现

上错了车。脚踏车，骑着骑着

没了扶手，轮子却在天边滚动着。

唉，成都，叹息一声也就骑过去了。

那么，威尼斯呢

6

那么，威尼斯呢？别以为啃过的鸡翅
能让身边的世界飞起来，伊尔18
也还没坐过呢，上哪儿去坐波音767？
那么多的人等着要上蓝天，你数数看
独眼商人前面是渔王，酒吧王，
再前面是那死于水中的腓尼基水手。
你和他一样高大，俊美，但海风
轮不到你吹。像威尼斯那样的地方
是刻了钢印的。海关的事快不起来，
又压着些航空信，有那么多邮戳要盖。

7

酒劲像是一根军用腰带，把裤子
连带着哈欠往上提。几个逃票者
扣眼般，待在腰带上，脏话讲了一千里，
是那种饶舌之余的，中年人的脏。
汗水顺着袖子往上卷，年老的查票员
没右手，但有两只左手：他的鞋
两只都穿在左边。是不是马爹尼
当二锅头在喝？酒瓶子，早空了，
但酒还在往外倒，保持着瓶子的形状
和易碎性。醉，碎玻璃般，堆着。

8

你一夜之间喝光了威尼斯的啤酒，
却没有力气拔出香槟酒的塞子。
早晨在你看来，要么被酒精提炼过，
要么已经风格化。文艺复兴的荒凉，
因肉身的荒凉而恢复了无力感，
说完一切的词，被一笔欠款挪用了。
拜占庭只是一个登记过的景点，其出口
两面都带粘胶。一种透明的虚无性
如鸟笼般悬挂着，赋予现实以能见度。
每个人进去后，都变得像呵气那么稀薄。

9

你不可能走得更远。还是找地方
歇歇脚，拍几张纪念照。快门
到处都在按下，你却有意不上胶卷：
在一个6乘4的空间里，王宫的角度
也就是监狱的角度。转动纸之门的把手，
直到门缝从慢慢合拢的黑与白
转向单眼皮的蓝色天穹。你没有想到，
番薯脸变了烟花脸之后，一下子多出了
十来张气球脸，被十来个小泥人吹呀
吹的，没准能从旧爱吹出些新欢。

那么，威尼斯呢

10

别以为别人丢了丑，自己就会变美些。
像那样一个美得叫人起疑心的地方，
电灯泡是会坏的，水龙头怎么也拧不紧，
地址从寄出去的明信片退回来。
美，懒散地对待自己，也不上闹钟。
而你把柠檬使劲往外挤，以为这样
能挤出些什么：空白就这么挤了出来。
仅有的几颗泪珠，要用多少黄手帕去擦。
亚得里亚海从遍布全身的毛细血管
从密不透风的热，凉丝丝涌上喉咙。

11

生命苦短，不要把注码下在威尼斯，
一个你不在的地方。叫牌时，
你把里拉和人民币叫在一起，但手气
在拉斯维加斯那边：你叫白，美元就黑。
即使八小时的现实之外，又添上
两小时的超现实，骰子还是扔不出6。
要是没香烟可赌，就赌香烟盒。
哪儿有存折，威尼斯就在哪儿
被取出来花，成都也花了个精光。
哪儿有保险柜，0就在哪儿被撬开。

12

你真正需要的是尽可能多的图钉，哪儿
被撬了，就把小偷的证件照钉在哪儿。
你还需要一把铁锹：埋了煤气管道，
还有下水管道要埋。身体的秘密排泄物
因大海的存在而变得纯洁。而那宝石般
迎风招展的水滴，竟被一只长嘴鸦啜空了。
你能呼吸到那仁慈的漏洞，地中海
漏得只剩几个游泳池。刚堵了瓦斯，
又得去堵可乐，越堵气泡越没。
哦甜蜜的放弃：往外冒泡的未必是真的。

13

你能感觉到美的根深蒂固的无用性
开始动摇。在威尼斯，火有点慢，
因为到处的天空都是水。一只鳕鱼刚起锅
就被搁进速冻柜，冻成鲱鱼的样子。
零嘴吃了那么多，饥饿感却像手风琴
在圣马可广场上拉着。瞧那体面的绅士，
宁肯与流浪汉分食面包，也不上餐馆，
他对龙虾怀有歉疚感。小费留在桌子上，
没有侍者去碰它。松弛的岁月，
营养和排泄物，真有那么贴近吗？

14

带阳台的威尼斯，有午后茶和午间新闻，
但没有像样的中午。你只待到星期三，
却比星期四还待在那儿的人
多待了一天。本地报纸还没印出来
就已经有人在别处阅读它：真的衰老
踉跄得像是到处都跌落在地的眼镜，
加深了年轻人的近视？真的连近视度数
也要在看变成不看时才显得精确？
真的那小如针尖的"不"字上能跳探戈？
云的样子看上去集中，其实是任意的。

15

半个，被一个充满之后，还是不到一。
为此，耐克鞋用尽两分法的力气，
也没走得比一双拖鞋远。去过威尼斯
又怎样？解放牌挂在二挡上，法拉利
如一记耳光般刮过。左脸那么大的中立国
把右脸也凑了过来。对着镜子里
那只有半边天的国庆日出神吧，拿吧，
这小日子的细软，这逗点，这多，
十二亿人的多。每个人都在拿，但不知
拿什么。而你的一半刚好是你的全部。

诗　歌

16

该在何处下车？没票的人在等退票，
有票的人也在等。但民主的定义是：一人
一票。那分成两半的子爵，从投票箱
抬头朝星空看。俄罗斯方块灰烬般落下，
花开的声音，对于普通话是哑的，聋的，
却被CNN看作是圆在说话，一个卡通的
并不是圆的圆。N制或PAL制配好了音，
只要对上口形，就有人用中文替你
说英文。水果刀在旧电影里丢失了，
不是只有苹果才甜，来点草莓行吗？

17

可你知道托马斯·曼不吃草莓，
知道他对威尼斯抱有上个世纪的看法。
进入一座城市，难道要用离去的脚步？
黑死病纯属虚构，但一只夜莺
吓坏了，爱与死被一笔带过：写，
从永恒这边看不过是纸张质地的问题。
每个人都在发明他自己的威尼斯，
真的，真有一座被用来写而不是用来住
的城市，你对它着了迷。瞧，
它有点成都，但不也有点罗马、巴黎？

那么，威尼斯呢

18

肉身过于迫切，写，未必能胜任腐朽

和不朽。诗歌，只做只有它能做的事。

字纸篓在二楼等你。电梯在升到顶楼之后

还在往上升：这叠韵的，奇想的高度，

汇总起来未免伤感。况且长日将尽，

起风了，门和窗子被刮得嘭嘭直响。

生命苦短，和水一起攀登吧：

遗忘是梯子，在星空下孤独地竖立着。

然而有时，记忆会恢复，会推倒那梯子，

让失魂遨游的人摔得粉身碎骨。

                                        1997.8 于斯图加特

毕加索画牛

接下来的两个星期毕加索在画牛。
那牛身上似乎有一种越画得多
也就越少的古怪现象。
"少，"艺术家问，"能变成多吗？"
"一点不错。"毕加索回答说。
批评家等着看画家的多。

但那牛每天看上去都更加稀少。
先是蹄子不见了，跟着牛角没了，
然后牛皮像视网膜一样脱落，
露出空白之间的一些接榫。
"少，要少到什么地步才会多起来？"
"那要看你给多起什么名字。"

批评家感到迷惑。
"是不是你在牛身上拷打一种品质，

让地中海的风把肉体刮得零零落落?"
"不单是风在刮,瞧对面街角
那间肉铺子,花枝招展的女士们,
每天都从那儿割走几磅牛肉。"

"从牛身上,还是从你的画布上割?"
"那得看你用什么刀子。"
"是否美学和生活的伦理学在较量?"
"挨了那么多刀,哪来的力气。"
"有什么东西被剩下了?"
"不,精神从不剩下。赞美浪费吧。"

"你的牛对世界是一道减法吗?"
"为什么不是加法?我想那肉店老板
正在演算金钱。"第二天老板的妻子
带着毕生积蓄来买毕加索画的牛。
但她看到的只是几根简单的线条。
"牛在哪儿呢?"她感到受了冒犯。

1998.9.17 于北京

一分钟，天人老矣

一分钟后，自行车老了。

你以为穿裤子的云骑车比步行快些吗？

你以为穿裙子的雨是一个中学教员吗？

一分钟，能念完小学就够了。

一分钟北大，念了两分钟小学。

一分钟英文课，讲了两分钟汉语。

一分钟当代史，两分钟在古代。

半封建的一分钟。半殖民的一分钟。孔仲尼

或社会主义的一分钟。

一分钟，够你念完博士吗？

一小时，一学期，一年或一百年

　都在这一分钟里。

即使是劳力士金表也不能使这一分钟片刻停顿。

春的一分钟，上了发条就是秋天了。

要是思春的国学教授不戴瑞士表

戴国产表会不会神游太虚？

一分钟后，的士老了。

公交车的一分钟，半分钟堵了一千年。

北京市的一分钟，半分钟在昌平县。

美国梦的一分钟，半分钟是中国造。

全球通的一分钟，半分钟就挂断了。

这喂的一分钟，HELLO 的一分钟。

宇宙

在注册过的苹果里变小了，变甜了。

咬了一口的苹果，符合

本地人对全球化的看法。就这一点点甜，

苹果西红柿在里面，印度咖喱，意大利奶酪

全在里面了。

贝克汉姆也在里面。

一分钟辣妹，甜了半分钟。

一分钟快感，慢了半分钟。

一分钟OK，卡拉了半分钟。

一分钟，歌都老了，不唱也罢。

但是从没唱过的歌怎么也老了？

叫我拿那些来不及卡拉

就已经OK的异乡人怎么办呢？

过了一分钟，火车老了。

又过了一分钟，航空班机也老了。

你以为一分钟的烤鸡翅

能使啃过的食物全都飞起吗？

一分钟，用来爱一个女人不够，

爱两个或更多的女人却足够了。

一分钟落日，多出一分钟晨曦。

一分钟今生，欠下一分钟来世。

诗 歌

一分钟，天人老矣。

2005.1.7 于北京

舒 伯 特

三千里浮花开在静谧如深海的肉身
落花里面的开花之轻，之痛
在玉的深处如瓷器般易碎

坐在铜和碎银子的光学信号里听佛身上的一场雪
佛怀抱里的灰尘安顿下来
词的初月尚未长出铁锈
夜色像刚刚挤过的柠檬一样发涩

而我们坐在一杯柠檬水里听舒伯特
坐在来世那么远的月色里听佛的咳嗽声
以为这就是现世
的至福

并且我们从舒伯特和佛的相对无言
听到了砧板上剁肉馅的声音

以为吃剩的饺子像婴儿一样会哭
即使是佛的心肠也不忍打扰这哭声
即使我们给了这些哭声一个不开花的开关

当落花的泛音从无氧铜泛起
当音乐会的固定座位被塞进一只手提箱
佛身上的他乡人
一起动了归心
鹤，止步于那些胎儿萌动的女人

坐在古代的子宫暗处
坐在底片那么黑的静谧里
一个拉大提琴的统治者和一个不拉的
其中一个仁慈些吗？

请允许我在不是我的那个人身上听舒伯特
从人体炸弹的恐惧深处听舒伯特
带着负罪感听舒伯特
念着孔子曰听舒伯特

请允许我从钢琴取出一具箜篌
从佛的真身取出一个虚无
听一个从未诞生的胎儿
弹奏他的父亲
听一百年前的独裁者弹奏前世今生

一个孤魂演奏的舒伯特
会是什么样子？

十分钟的孤独，他会弹上一百年吗？

要是我们从来就没有听过舒伯特呢？

2007.2.7

泰姬陵之泪 (节选)

1

没有被神流过的泪水不值得流。

但值得流的并非全是泪水。

在印度，恒河是用眼睛来流的，它拒绝灌溉，

正如神的泪水拒绝水泵，仿佛干旱

是鹰的事务。

在干旱的土地上，泪水能流在一起就够了。

泪水飞翔起来，惊动了鹰的头脑

和孤独。

鹰的独语起了波浪，

鹰身上的逝者会形成古代吗？

恒河之水，在天上流。

根，枝，叶，三种无明对位而流。

日心， 地心，人心，三种无言

因泪滴

而缩小，小到寸心那么小，比自我

委身于忘我和无我还要小。

一个琥珀般的夜空安放在泪滴里，

泪滴：这颗寸心的天下心。

2

有时单一的眼睛里流着多神的泪水，

有时神自己也被渎神的眼泪打动。

有神无神，人的眼泪都持恒常流。

然而，人无论流多少泪，擦去之后

都成了圣宠

和物哀。神赐予泪水，却并不赐予

配这些泪水去流的眼睛。

除非婴儿的眼睛在古人眼里睁开，

除非泪滴里嵌入了一个子宫般的宁静，

除非神和人的影子彼此成为肉身，

彼此的泪水

合成一体流，但又分身流。

在目力所及之外流。在意义之外流。在天上流。

3

并且，将天上的事物搁在大地上流。

从前世流到现世，从恒河

流到阎牟那河，不介意肮脏

和倦怠，

不区分洁身的水与下水道的水，

不区分小便与百合花的香味，

不区分红尘与灰尘的颜色，

不问去留，不问清浊，不问谁的眼睛在流，

为君王流

还是为贱民而流。

4

这些从古到今的泪水在我眼里

静静流了一会儿。

这些尊贵的泪水不让它流有多可惜。

这些杯水就足够流，但非要用沧海来流的泪水。

这些因不朽而放慢步伐，但坚持用光速来流的泪水。

这些从孔雀变身而来、折成扇子还在开屏

的泪水。

这些夺魂的泪水，剜心的泪水，断骨的泪水。

这些神流过，古人流过，今人接过来流

像罪人一样流的泪水。

5

看善和恶两颗泪滴对撞在一起有多美妙。

它们彼此粉身碎骨，彼此一刀砍下。

已经很多年没有刀的感觉了，

刀砍在泪的小和弱上一点力气没有，

神留出一些圣洁之物给泪水流，

爱与死

因相互照亮而加深了各自的黑暗，
因忍住不流而成为神眼睛里的
泪非泪。
神身上的旷古之泪，越是壮阔地流，越是不见古人。
而今人越是万有，越是一无所有。

6

泪水就要飞起来。是给它鹰的翅膀呢，
还是让它搭乘波音767，和经济奇迹
一道起飞？三千公里旧泪，就这么从北京
登上了
新德里的天空。时间起飞之后，我们头脑里
红白两个东方的考古学重影，
能否跟得上超音速，能否经受得起
神迹的
突然抖动？我们能否借鹰的目力，看着落日
以云母的样子融解在一朵水母里？
2009年的恒河
能否以虹的跨度在天上流，流向1632年？
要是飞起来的大海像床单一样抖动，
要是今人在天空深处睡去，
古人会不会
蓦然醒来，从横越天空的滔滔泪水醒来，
从百鸟啁啾醒来，醒在鹰的独醒
和独步中？
鹰，止步：航班就要落地。
俯仰之间，山河易容。

7

1632年的泪水，2009年还在流。

一个莫卧儿君王从泪水的柱子

起身站立，石头里出现了一个女人的形象。

泪水流入石头，被穿凿，被镂空，

完全流不动了，

还在流。这些江山易主的泪水，国库

被它流空了，时间本身被它流尽了。

武器流得不见了武士。

琴弦流得不发出一丝声音。

酒拿在手中，但醉已流去，不在饮者身上。

黄金，器物，舞蹈的砷和锑，流得一样不剩。

还有记忆和失忆，还有肉身的百感交集，全都经不起它流。

8

即使是神的泪水也不够它流，

有时它只为一个女人而流。

是否整个印度欠这个女人一个镜像？

是否镜子过于寒冷：皓月入泪，鱼却在阳光中游？

是否镜子里的女人已经从鱼变身为鸟儿，

她想要飞起来，想要

被梦见？

一千光年的泪水，在鸟儿身上沉沉睡去。

一千个重合的镜像，彼此是空的。

一千只眼睛跌落在地上，

泰姬陵之泪（节选）

看见什么，什么就一起碎身。

当镜中人

收回女人的神授之身，当她从鸟儿的半神

分身出鱼的半人，以为能游到镜子外面，

但鱼哪来的力气从水星游到火星上去？

水中月

没有那么多的玻璃，也没有足够的奥义，

可以造一个浑圆，一个镜子的深海。

当这个深海

借助神的一口仙气，宁神地，通体亮透地，

灯一样，被吹入泪滴。

9

泪痕和雨痕，彼此留有余温。这隔世的

女人手的触摸，仿佛雨一直用眼睛在下，

而泪滴只是一些现成物，只是小我

从一个更小的我获得的服从

和追忆，

但又无从追忆。因为眼泪不是对生命

而是对生命之不可知、不可问的强有力提问。

眼泪说着一种无语的语言，一种

用否定说出的

肯定的语言，冰与火的语言，同时用二十种语言说。

10

在印度，有一百种方式可以擦亮泪水，

但只有一种方式保存它。你可以选择玛瑙，

也可以选择冰雪，选择古物，选择夕照。

但会不会

整个印度次大陆的悠悠干旱，

美的，至善的，低法和高法的干旱，

一眼望去，此生无涯

的干旱，

是神的选择。是神为保存泪水

而作出的，弃绝的选择？

11

眼泪从一到百，被充满，被溢出。

从一流到一百：是减少呢，增添呢，

还是相互对流，终究各自归零？

情一忍住眼泪，心一洗涤眼泪，神一照临眼泪。

多，最终将听命于一，使眼泪变得更加稀有

和清洁。

但那些不洁的黑暗的泪水能不让它流吗？

那些泪水里的白垩和铁，那些矿层，那些泥沙俱下，

那些元气茫茫，生死茫茫，歌哭茫茫，

年轻时泪流，

老了，厌倦了，也流。

眼睛流瞎了，也流。有眼睛它流，

没眼睛，造一只眼睛也流。这颗

色即是空的

灯笼般的孔雀泪，开不开屏它都是蓝色的。

谁又能忘却海的颜色，任凭太阳的颜色吹拂泪水呢？

泰姬陵之泪（节选）

比如，从印度蓝吹来的，纱和丝的印度红。
比如，用火眼睛流泪的中国红。

12

眼泪像被借用但还错了眼睛似的
不在钟表里。古人和今人彼此的眼泪
是反的。一千年旧爱，
比十分钟电视新闻离得更近。
千年之外
我们排起了长队。在泰姬玛哈，在晚报
与古老的书卷之间。我们不过是些游客，
无论是否流泪，琥珀都不是眼睛。
有时鸟儿的泪水也会弄错眼睛，
当鹰眼
被移入一只猫眼，当我们隔着防盗门
从互联网朝外星空望去——
小偷
偷走了轻盈的泰戈尔。他会留下庄子吗？
当全球通短信将北京的一场夜雪
错下在阿格拉的早晨。春天的快门
一闪： 2009年，我拍下了1632年的
我非我。
我被我自己丢失了吗？

13

泰姬陵是一个活建筑，一个踉跄

就足以让它回魂。泪水从圆到方

堆砌在一起，仿佛泪之门是大理石做的，

词是它的窗子，它的拱顶，它的器物

和深深的迷醉。而在词的内心深处，肉身的火树银花

从圆到尖

上升到灰烬顶点：这众泪的最初一滴泪。

诗歌登上了这颗泪滴的至高

和绝对，并将它从星空摘取下来，

写成三段论的、手写体的波浪。

泪之花潮起潮落，催开泪之树上的海景，星象，

以及树身的刻痕。古老印度的眼界

和身高

少年般，刻在一棵菩提树上。

树并无嘴唇，但感到亘古以来的深渴。

恒河与黄河相互生长，相互磨损，

给诗的脖子留下深深的勒痕。

那么，泰戈尔，恒河这滴眼泪想流你就流吧。

14

诗歌并无自己的身份，它的彻悟和洞见

是复调的，始于二的，是其他事物施加的。

神与亡灵的对视

水仙般，支吾着一个元诗歌的婀娜

和芬芳。眼泪从词的多义抽身出来，

它一边流逝，一边创造自己的边界

和可塑性，

因为诗歌的行吟的泪水是雕像流出的，

泰姬陵之泪（节选）

里面流动着一些知觉的材料，

比如，夜莺深喉里的那些水晶，

那些小金属。

但在乡村印度，为什么孔雀的叫声如此哽咽，

为什么词的历史会再次成为尘埃的历史？

15

为没人流过的眼泪建造一个悬搁。

为从未诞生的孩子生下一个父亲。

如果没有足够的荣耀，用失败

和耻辱

也要生一个父亲：因为人是宇宙的孤儿。

用光了肋骨，就用泥土去生。

那么女人

又是谁的泪水呢，自己从自己

流淌出来，眼睛和子宫，并蒂在脸上流，

从燕子回流到鹰的根部，

头发流向韵脚，河水流向袖子，心流向玉。

一颗玉的心

摔碎了多少石头脑袋！

是否人在神身上反复老去，死去，

而神

依然是个新生儿？

神也是女人生的吗，按人的样子生下的？

神：这个亡灵，这个圣婴。

母亲

最终是谁的小女孩，她像小女孩一样微笑，

并用小女孩的哭泣概括这个世界。

16

玉碎高不可问：因为神宠之手

将心碎

放在帝宠的掌心里。

只是，泰姬，无论三千宠爱有多少玉石

堆积在你身上，

轻轻一碰，顿成尘土。

心整个是玉，心痛，玉也跟着痛彻。

玉碎的芭蕾舞脚尖，垫起一个玉生烟，

并且，玉碎将自己的前世今生

从修辞到肉体

轻放在全人类共有的心碎之上。

2009年，镜像回头一瞥，递过1632年的

隔世之约。

昨是今非：回音里传来佳人敲月的声音。

这并非泰姬对别的女人在说话，这是心相

被建造在物相的实体里。心泪，滴下了物的眼泪。

飞起来

飞起来该多好，但泰姬泪

不是你所看见的任何一只燕子，

因为她是所有的燕子。

在鹰的睡眠里，你醒着，走着，一个趔趄

从是到不

跌落在两生花的世界，丢了魂似的

听见沙贾汉以泰姬的名字叫你，而你

泰姬陵之泪（节选）

是中国女人，

是孟姜女，湘妃，李清照，太平公主。

17

没有一棵树

是以它本来的样子被看见的。菩提树

与菩提无树相互缠绕，从天空之锁

退出鹰的钥匙，退出终极之爱的无助

和无告。

天使们撒下身体的尘埃和落叶。木兰花，

减字才会绽开，并以雪的面容淬火。

泪之树，看上去像着了火一样浓烈。

泪水中

那些树根和块茎的顺流而下

伸出云一般的芭蕾舞脖子，从蜡烛之尖顶

缓缓升起，停在树叶和冷兵器的刻度上。

眼泪这柄孤剑，敢不敢与森林般的战争

对刺？

爱之剑，只是几片落叶而已。

剑心指向人心，三千里迎刃而吹的泪水

从二十四桥吹了过去，从吾国吾土，从金戈铁马

往竹子的空心深处吹，

多么悱恻的白色笛子像月光。

四百年了，泰姬用眼泪在吹奏恒河。

只是，泰姬，你吹不吹奏我都能听见你。

黄河

也被吹入了这颗叫做泰姬的泪滴。

泰姬，你不必动真的刀剑，

几片落叶，已足以取我性命。

你不必死了多年，还得重新去死，

还得往剑刃上掏真心，流真的眼泪。

眼泪

可以是一些残花败絮，一些事先写下的台词，短信，

将古道西风与东印度公司的航船

幽灵般，组装在一起。

（未完成）

在VERMONT过53岁生日

1

等待一生的八月，九月之后才到来。

先秦的月亮，在弗尔蒙特升起。

一个退思，在光的星期五移动。

庄子朝我走来，

以离我而去的脚步。

云移的脚步，花开的脚步，邮政系统的脚步。

2

一封春秋来信，

至今没有投递到我的手上。

邮差在天空中飞来飞去。

地球那边，你在读信。

还没写的信，你已经读到了我。

一封我拆开了两次的信，你一次也没寄出。

一些预先开花的，将要破土的，空的声音。

3

电话里传来落花般的女高音。

那是你么，把花开到灯里去的声音？

打给HELLO的电话，接听的是一个喂。

喂的外面，中餐馆人声鼎沸，

一群食客饿坏了，但厨师是画师，

他将牛排画成水墨，端给看客吃。

一头观念的牛比真的更值钱吗？

刚断奶的单身母亲，把卡尔

像奶嘴一样塞进婴儿嘴里，

阻止牛奶发出无产者的尖叫声。

而银行家用头脑里的提款机

一夜之间，提空了内心。

4

在金钱的声音被挂断之后，

诗的声音是什么？

一只神秘的手按下免提键。

现在，手机是广播，

全世界都在听这个声音。

李尔王能听到他的莎士比亚吗？

萨福的月亮，能从李白的月亮

听到庄子化蝶的风吹雪吗？

我能听到另一个我吗？

但在你的铃声响起之前，

只有无止境的，宇宙洪荒般的寂静。

5

可以用生日蜡烛点燃一个无我。

可以把明信片上的纸火焰

从古中国快递到黄昏的弗尔蒙特。

可以借蝴蝶夜的灰尘，轻盈一吹。

可以吹灭我的心。

心那么易碎，那么澎湃，可以和宇宙

构成一个尖锐，

一个小，无限大的极小。

一个53年的十亿光年。

6

如果只有一个过去，我就是这个过去。

如果我的现在有五百个过去，

那么一个现在我都没有。

你呢，你有第二个现在吗？

或许，你在你不在的地方，而我不是

我是的人。我有两个旧我，其中一个

刚刚新生：一个53岁的

吾丧我。

7

一条鱼躺在晚餐的盘子里，

被刀切过，被炉火烤过。

这是一个发生。

同一条鱼从河里游到电脑界面，

以超现实的目光看着我。

这也是一个发生。

人可以演奏鱼的音乐么，

从物种的同一性演奏出一个悖反？

比如，将盘子里的鱼演奏成厨师，

将水中鱼演奏成一个哲学家。

但是庄子在演奏更神秘的生命，

一条烤熟的鱼，在天空中游动起来。

8

宇宙是科学老人的玩具。

孩子们站在地球仪上要糖吃。

一个梦的工程师，转动这只地球仪，

并将乌托邦转手给天边外的鹤。

一只鹤，即使是纸的，也在天空中飞，

即使看起来像工程吊臂，也在舞蹈，

用足尖踮起心之鹤形。

庄子骋怀纵目，以鹤作为引导。

而你将鹤止步放进万马齐奔，

并以水仙般的鹤立，支起一个梦工地。

9

人置身于桃花源，桃花就凋落了。
拥有太多末日和诞生，时间就消失了。
痛，也消失了。一只电钻
在大地的龋齿上钻洞。
神经末梢的听觉之痛，将牙科诊所
安放在地球的寂静深处。
每天，钻头，在痛的深处加深几毫米。
要是再深一些，人心，就能深及地心，
喷泉般，喷涌出一个璀璨的地下天空，
一株天体物理的火树银花。

10

庄子的胡须在秋风中飘动。
这只是史蒂文斯头脑里的一个幻象。
我递过一个电动剃须刀。
现在，我们三个人的三个下巴
有了同一颗电池的心：时间转动，
反时间也在转动。庄子的月亮
被退回先秦。我每天使用剃须刀。
古代是我的现代，而我只是一个仿古。

11

驻足于隔世的月光，我等待你的足音，

等待一个刹那溢出终极性。

我真的到过弗尔蒙特吗？

一米之遥，人已在千里外的异乡。

夜空中，我看不见一棵松树，

但松果漫天掉落。生命

也这样掉落，像一只中国古瓮。

空，落地，我俯身拾起无限多的空。

每一片具体的碎片里，都有一个抽象。

词和肉体，已逝和重现，拼凑

并粘连起来，形成一个透彻。

世界回复最初的脆弱

和圆满，今夜深梦无痕。

但古瓮将又一次摔落。

2009.9.18

母亲，厨房

在万古与一瞬之间，出现了开合与渺茫。
在开合之际，出现了一道门缝。
门后面，被推开的是海阔天空。

没有手，只有推的动作。

被推开的是大地的一个厨房。
菜刀起落处，云卷云舒。
光速般合拢的生死
被切成星球的两半，慢的两半。

萝卜也切成了两半。
在厨房，母亲切了悠悠一生，
一盘凉拌三丝，切得千山万水，
一条鱼，切成逃离刀刃的样子，
端上餐桌还不肯离开池塘。

暑天的豆腐，被切出了雪意。
土豆听见了洋葱的刀法
和对位法，一种如花吐瓣的剥落，
一种时间内部的物我两空。
去留之间，刀起刀落。

但母亲手上并没有拿刀。

天使们递到母亲手上的
不是刀，是几片落叶。
医生拿着听诊器在听秋风。
深海里的秋刀鱼
跃过刀锋，朝星空游去。
如今晚餐在天上，
整个菜市场被塞进冰箱，
而母亲，已无力打开冷时间。

母亲，厨房

黄山谷的豹

沛公文章如虎豹，

至今斑斑在儿孙。

——黄庭坚

1

——脚步在2011年的北中国移动，

鞋子却遗留在宋朝。

赤脚穿上云游的鞋，

弯下腰，系紧流水的鞋带。

先生说：鞋带系成流水的样子

　　是错的。

应该系成梅花，或几片雪花。

2

一只豹，从山谷先生的诗章跃出。
起初豹只是一个乌有，借身为词，
想要获取生命迹象，
获取心跳和签名。

3

先生说：不要试图寻找豹。
豹会找你的。
即使你打来电话它也不接，
也没人打电话给一只豹。

4

有人脱下皮鞋，换上耐克鞋。
先生说：别以为穿上跑鞋，
会跑得比豹子快。

5

梦中人丢魂而逃。
我分身给影子，以为剩下的半我
跑起来会轻快些，
抖落一些物的浮华
和心的负重。

黄山谷的豹

但影子深处又涌出第二个，第三个
……成千的影子。
它们索要词的真身。

6

有人一起跑就行，快慢都行，
而我刚好是慢的那个。
在网上商店，我问售货员：
有没有比豹快的鞋子？

7

人在这个世界上奔跑真是悲哀。
往哪儿跑，哪儿都塞车。
即使在外星空跑
也能闻到警车和加油站的气味。
交警给词的加速度开罚单，
而豹，拒绝在罚单上签名。
在证件照上，豹看不见自己。

8

路漫漫兮。
给我一百个肺我也跑不动了。
豹，把人类的肺活量跑光了。
时间被它跑得又老又累，
电和石油，被它跑漏了。

词，即使安上车轮也跑不过豹。

9

时间的形象
在豹身上如石碑静止不动。
众鼠挣脱碑文，卷土而去，
带着连根拔的小农经济，
和秋风里的介词胡须。

10

猫鼠一体，握住小官吏的
　　刀笔。
如此多的腐鼠和硕鼠
抱成陶瓷的一团，
以一碗水，偷一片天空，
偷吃清汤挂面的水中月。
但碗里的水没有保持海平面，
天空泼溅出来，
摔碎在地上。
镜子的声音，听不见世外。

11

老鼠以为豹在咬文嚼字。
但借雪一听，并无消融的声音。
因为豹在听力深处

埋有更深邃的盲人耳朵。

草书般的豹纹，像幽灵掠过条形码，

布下语文课的秋水平沙。

12

几个小学生用鼠标语言，

坐在云计算深处

　　　与山谷先生对谈。

先生逢人就问：有写剩的宿墨吗？

仿佛古汉语的手感和磨损

可以从一纸鱼书寄过来，

从少年人的迫切脚步

快递给高处的一个趔趄。

先生的手，叠起一份晚报。

13

器物的折旧，先于新闻的折旧。

豹，嗅了嗅白话文的滋味，

以迷魂剑法走上招魂之途，

醉心于万物的蝴蝶夜。

毫不理会

众鼠的时尚。

14

豹，步态如雪，

它的每一寸移动都在融化，
但一小片结晶就足以容身。
一身轻功，托起泰山压顶。

15

豹，不知此身何身。
要么从电的插头
拔出一个沧海横流，
肉身泥沙俱下。
要么为眼泪造一个水电站，
一脸大海，掉头而去。

16

有人转身，看见了浩渺。
泪滴随月亮的圆缺
变大或变小。

17

有人一生都在追逐什么。
有人，追逐什么，就变成什么。
而我的一生被豹追逐。
我身体里的惊恐小鹿
在变作鸟类高高飞起之前，
在嵌入订婚戒指之前，
在变作纸币或选票被点数之前，

会变身一只豹吗？

18

我能把文章写得像豹吗？
写，能像豹那么高贵，迅捷，
和黑暗吗？

19

它就要追上我了，这只
古人的豹，词的豹，反词的豹。
它没有时间，所以将时间反过来跑。
它没有面孔，所以认不出是谁。
它没有网址，所以联系不上它。

20

波浪跑起来不需要鞋子。
豹身上的滚滚尘土卷起刀刃，
云剜去手足，用头颅奔跑。
一只无头豹在大地上狂奔。

21

一只豹，这样没命地跑，为跑而跑，
是会把时间跑光的。它能跑到时间之外，
把群山起伏的白雪跑成银子吗？

银行终究会被它跑垮，文章也将失明。

已经瞎了它还在跑。

声音跑断了，骨头跑断了，它还在跑。

22

除非山谷先生从豹子现身，

让豹看见它自己的本相溢出，

却看不见水和杯子。

除非我终生停笔，倒掉墨水，

关闭头脑里的图书馆，

不读，不写，不思想。

否则豹会一直在跑。

23

一只豹，要是给它迷醉，给它饥饿，

让它狂奔起来，

会是多么美，多么简朴，多有力量

的一个空无。

那种原始品质的，总括大地的空无。

24

这个空无，它就要获得实存。

词的豹子，吃了我，就有了肉身。

它身上的条纹是古训的提炼，

足迹因鸟迹而成篆籀，

嘴里的莲花，　吐出云泥和天象。

25

豹的猎食总是扑空。
要有多少个扑空被倒扣过来，
才能折变出
尘归土的一个总的倒转，
以及，词的遗传，词的丢魂，
词的败退和昏厥？

26

人的鞋，对豹子太小了。
那样一种削足适履的形象
不适合黄山谷的豹。
带爪子的心智伸了出来，伸向无限，
又硬塞进诗歌的头脑
　　和词汇表。
野兽的目光，猎人的目光，回头一瞥。

27

人走不到的秘密之地，
变身豹子也得走。
那么，以豹的足力，
将人的定义走完，
走到野兽的一边去。

28

撕裂我吧，洒落我吧，吞噬我吧，豹。

请享用我这具血肉之躯。

要是你没有扑住我，

山谷先生会有些失望——

2012.4.26 完稿于北京

老虎作为成人礼

1

老虎扑上来的刹那，
猎手出于本能，开了一枪。
老虎应声倒地。

猎手扣响的是一枪空枪。
枪里的子弹，猎兔时打光了。
一个空无，扣不扣都不在枪上。

……但老虎真的死了。

世界的推理突然变得高深，
子弹和词，水天一色。

2

也许另有一个浮生相隔的枪手，
与本地枪手构成对称性。
准星，从两个时空对准同一只老虎。
老虎挨了一枪。即使是词的一枪，
命中了也会流血。

大地上最后一个幽灵猎手，
宁可饿死，也不射出最后的子弹。
那么多美味的兔往枪口上撞，
但最后一粒子弹属于尊贵的虎。

猎手朝幻象老虎开了一枪，
倒下的却是老虎的实体。
词是个瞎子，唯肉体目光深澈，
能看见子弹的心碎。

枪，为枪手预留了古代，
并将老虎的滚滚热泪冷冻起来。

3

在玩具枪造得像真枪的和平年代，
城里的中产男孩聚在一起，
玩枪击老虎的游戏。
乡下孩子没枪，只好把子弹壳

往布老虎的肚子里塞。

这一切只是闪客般的恍惚一瞥。
多年后，孩子们以闪存耳朵
去听千里外的人体炸弹。
帝国主义这只纸老虎，
有时会像真老虎一样磨牙。

白雪皑皑的老虎基金呵。

从本地提款机到原始森林，
从老虎的千金散尽到虎骨入药，
从枪械管理法到禁枪令，
即使是真枪实弹，也射程有限。
何况子弹被压进了历史课。

4

跑步机老虎跑不过体育老师。
大男孩与哑铃老虎比肌肉。
小男孩，用买跑鞋的钱去买枪，
悄悄递给一袭风衣的劫匪。
警匪之间，孩子们更喜欢劫匪，
因为他骑马骑得四蹄生风。

坏教育比没有教育更像一部烂片。
男孩把枪战片看了无数遍，
警匪两个人都被看老了，

子弹还是没有打光。
劫匪能逃出电影，但逃不掉生活。

因为逃亡者身上带一股虎味。
刑侦给狗鼻子穿上制服，
不舍昼夜，嗅遍寸土。

男孩学不会虎啸，只好学狗叫。

5

男孩拾起一条生锈的老人河。
生命的流水账目，如条形码缠身。
虎纹的锁链长进肉里。

父亲站在天空深处，
对男孩说：可以逃课，但别逃天文课。
这样你才能在星空中看到自己。

6

一只吉他老虎可以边走边弹，
管风琴的老虎，还得坐下来听。
为这只旧约老虎盖一座教堂吧。

但随身听的老虎更喜欢爵士乐。
一只新约老虎见到佛陀后，
十分钟，年华老去。

晚自习的老虎在学古汉语，
以便和庄周对话。

成人在老虎身上签下各自的签名——
统治的，象征的，生态的。
男孩的签名是：武松。

7

五号电池的老虎跑断了腿。
它想用交流电的腿穿越物质，
又担心保险丝会断魂。

男孩看见老虎跑进太阳能。
漏电的老虎只剩猫那么大，
跑不过林中兔。

男孩给森林的尾巴戴上一副太阳镜。
据说森林的头颅是个哲学家，
却没人知道它是虎头，还是兔子脑袋。

哦男孩秘密的成人礼。
他能否在尾巴上跑得比脑袋快，
这得拿老虎的断腿，自己去跑跑看。

8

老虎进不了洞也得是高尔夫。

男孩却在该挥杆时转身去扣篮。

老虎并非乐观的青蛙王子。
但再悲观厌世的老虎
也不会每天吞下一只癞蛤蟆。

男孩用一千棵树种下一只老虎，
却不给它浇水，而给它喝葡萄酒。
一只高脚杯的老虎
对小女孩始终是个谜。

9

男孩身边有一大堆姨妈
却一个姨父也没有。

也许男孩在成人之前
该去真老虎身边，偷偷待上几日。
而不是在体育课上比划猴拳，
在生物课上空想着恐龙。

不过别指望老虎的王国会有电玩。

10

自然醒的老虎深睡千年。
而闹钟里的老虎，没闹醒自己
却吵醒了身边的猎手。

男孩与猎手在猎户座对表。
老虎从钟表取出枪的心脏，
把它放进词里去跳动。

老虎，将慢慢养得邀宠，
正如苹果在树上一定会成熟。

与其拿手中这杯果汁老虎
次第推杯，看着它变甜，
不如趁它扑上来吃人时
给它一枪。词，会把它写活过来。

孩子，不必理会禁枪令。
也不必带枪，而是带上仪式般的恐惧，
带上人类情感的急迫性，
去尽可能近地靠近老虎。

但又保持咫尺天涯的那份邈远，
保持江山野兽的宇宙格局。

且存留一点点野性的激情，
既得体，又奔放。

2012.5.25 于纽约

苏堤春晓

晒够了太阳，天开始下雨。
第一场雨把天上的水下进西湖。

第一个破晓把春天搂在怀里。
词的花团锦簇在枝头晃动。

词的内心露出婴儿的物相，
人面桃花，被塞到苏东坡梦里。

仅仅为了梦见苏东坡，
你就按下这斗转星移的按钮吧。

但从星空回望，西湖只是
风景易容术的一部分。

西湖，这块水的屏幕

就像电视停播一样静止和空有。

有人在切换今生和来世，
有人把西湖水装进塑料瓶。

切换和去留之间，
是谁的镜像在投射？

世代积累的幽灵目光呵，
看见了存在本身的茫无所见。

词，转世去了古人的当代，
咯噔一声，安静下来。

要是人群中这道幽灵目光不是你，
苏东坡还会是一个暗喻吗？

你愿意对任何人谈起苏东坡，
甚至对没有嘴唇的树木和青草。

捉几只萤火虫放到西湖水底，
看苏东坡手上的暗喻能有多亮。

提着这只暗喻的灯笼
移步苏堤，你能走到北宋去吗？

两公里的苏堤，通向时间深处。
这词的工程：石头是从月亮搬来的。

苏东坡容许苏堤不在天上，
正如词容许物的世界幸存。

西湖被古琴之水弹断之后，
少年人，你又用何处的水弹奏？

本不是衣裳的水穿在身上，
苏小小，世界欠你一个苏东坡。

肉身中燃尽的锦绣山河，
一顿一挫，尽是烈焰的水呵。

百万只眼睛所保存的西湖水，
你把它装进一只眼睛。

因为这是苏东坡的西湖，
谁流它，它就是谁的眼泪。

而踏上苏堤之前，
你先得远走他乡，云游四海。

西湖是眼睛所盛满的最小的海。
苏堤是离天国最近的人间路。

要是你把苏堤直立起来，
或许死后能步入这片宁静的天空。

2012.9.30

苏堤春晓

凤　凰

1

给从未起飞的飞翔

搭一片天外天，

在天地之间，搭一个工作的脚手架。

神的工作与人类相同，

都是在荒凉的地方种一些树，

炎热时，走到浓荫树下。

树上的果实喝过奶，但它们

更想喝冰镇的可乐，

因为易拉罐的甜是一个观念化。

鸟儿衔萤火虫飞入果实，

水的灯笼，在夕照中悬挂。

但众树消失了：水泥的世界，拔地而起。

人不会飞，却把房子盖到天空中，

给鸟的生态添一堆砖瓦。

然后，从思想的原材料

取出字和肉身，

百炼之后，钢铁变得袅娜。

黄金和废弃物一起飞翔。

鸟儿以工业的体量感

跨国越界，立人心为司法。

人写下自己：凤为撇，凰为捺。

2

人类并非鸟类，但怎能制止

高高飞起的激动？想飞，就用蜡

封住听觉，用水泥涂抹视觉，

用钢钎往心的疼痛上扎。

耳朵聋掉，眼睛瞎掉，心跳停止。

劳动被词的膂力举起，又放下。

一种叫做凤凰的现实，

飞，或不飞，两者都是手工的，

它的真身越是真的，越像一个造假。

凤凰飞起来，茫然不知，此身何身，

这人鸟同体，这天外客，这平仄的装甲。

这颗飞翔的寸心啊，

被牺牲献出，被麦粒洒下，

被纪念碑的尺度所放大。

然而，生活保持原大。

为词造一座银行吧，

并且，批准事物的梦幻性透支，

直到飞翔本身

成为天空的抵押。

3

身轻如雪的心之重负啊，

将大面积的资本化解于无形。

时间的白色，片片飞起，

并且，在金钱中慢慢积蓄自己，

慢慢花光自己。而急迫的年轻人

慢慢从叛逆者变成顺民。

慢慢地，把穷途像梯子一样竖起，

慢慢地，登上老年人的日落和天听。

中间途经大片大片的拆迁，

夜空般的工地上，闪烁着一些眼睛。

4

那些夜里归来的民工，

倒在单据和车票上，沉沉睡去。

造房者和居住者，彼此没有看见。

地产商站在星空深处，把星星

像烟头一样掐灭。他们用吸星大法

把地火点燃的烟花盛世

吸进肺腑，然后，优雅地吐出印花税。

金融的面孔像雪一样落下，

雪踩上去就像人脸在阳光中

渐渐融化，渐渐形成鸟迹。
建筑师以鸟爪蹑足而行，
因为偷楼的小偷
留下基建，却偷走了它的设计。
资本的天体，器皿般易碎，
有人却为易碎性造了一个工程，
给它砌青砖，浇铸混凝土，
夯实内部的层叠，嵌入钢筋，
支起一个雪崩般的镂空。

5

得给消费时代的CBD景观
搭建一个古瓮般的思想废墟，
因为神迹近在身边，但又遥不可及。
得给人与神的相遇，搭建一个
人之境，得把人的目力所及
放到凤凰的眼瞳里去，
因为整个天空都是泪水。
得给"我是谁"
搭建一个问询处，因为大我
已经被小我丢失了。
得给天问，搭建鹰的独语，
得将意义的血肉之躯
搭建在大理石的永恒之上，
因为心之脆弱有如纹瓷，
而心动，不为物象所动。

6

人类从凤凰身上看见的

是人自己的形象。

收藏家买鸟，因为自己成不了鸟儿。

艺术家造鸟，因为鸟即非鸟。

鸟群从字典缓缓飞起，从甲骨文

飞入印刷体，飞出了生物学的领域。

艺术史被基金会和博物馆

盖成几处景点，星散在版图上。

几个书呆子，翻遍古籍

寻找千年前的错字。

几个临时工，因为童年的恐高症

把管道一直铺设到银河系。

几个乡下人，想飞，但没机票，

他们像登机一样登上百鸟之王，

给新月镀铬，给晚霞上釉。

几个城管，目送他们一步登天，

把造假的暂住证扔出天外。

证件照：一个集体面孔。

签名：一个无人称。

法律能鉴别凤凰的笔迹吗？

为什么凤凰如此优美地重生，

以回文体，拖曳一部流水韵？

转世之善，像衬衣一样可以水洗，

它穿在身上就像沥青做的外套，

而原罪则是隐身的

或变身的：变整体为部分，
变贫穷为暴富。词，被迫成为物。
词根被银根攥紧，又禅宗般松开。
落槌的一瞬，交易获得了灵魂之轻，
用一个来世的电话取消了现世报。

7

人是时间的秘书，搭乘超音速
起落于电话线两端：打电话给自己
然后到另一端接听。但鸟儿
没有固定电话。而人也在
与神相遇的路上，忘记了从前的号码。
鸟儿飞经的所有时间
如卷轴般展开，又被卷起。
三两支中南海，从前海抽到后海，
把摩天楼抽得只剩抽水马桶，
把鹤寿抽成了长腿蚊。
一点余烬，竟能抽出玉生烟，
并从水泥的海拔，抽出一个珠峰。

8

升降梯，从腰部以下的现实
往头脑里升，一直上升到积雪和内心
之峰顶，工作室与海
彼此交换了面积和插孔。
一些我们称之为风花雪月的东西

147
凤　凰

开始漏水，漏电，

人头税也一点点往下漏，

漏出些手脚，又漏出鱼尾

和屋漏痕，它们在鸟眼睛里，一点点

聚集起来，形成山河，鸟瞰。

如果你从柏拉图头脑里的洞穴

看到地中海正在被漏掉，

请将孔夫子塞进去，试试看

能堵住些什么。天空，锈迹斑斑：

这偷工减料的工地。有人

在太平洋深处安装了一个地漏。

9

铁了心的飞翔，有什么会变轻吗？

如果这样的鸟儿都不能够飞，

还要天空做什么？

除非心碎与玉碎一起飞翔，

除非飞翔不需要肉身，

除非不飞就会死：否则，别碰飞翔。

人啊，你有把天空倒扣过来的气度吗？

那种把寸心放在天文的测度里去飞

或不飞的广阔性，

使地球变小了，使时间变年轻了。

有人将飞翔的胎儿

放在哲学家的头脑里，

仿佛哲学是一个女人。

有人将万古交给人之初保存。

有人在地书中，打开一本天书。

10

古人将凤凰台造在金陵，也造在潮州，
人和鸟，两处栖居，但两处皆是空的。
庄子的大鸟，自南海飞往北海，
非竹不食，非泉不饮，非梧桐不栖，
不知腐鼠和小官僚的滋味。
李贺的凤凰，踏声律而来，
那奇异的叫声，叫碎了昆仑玉，
二十三根琴弦，弹得紫皇动容，
弹断了多少人的流水和心肠。
那时贾生年少，在封建中垂泪，
他解开凤凰身上的扣子，
脱下山鸡的锦缎，取出几串孔雀钱，
五色成文章，百鸟寄身于一鸟。
晚唐的一半就这样分身给六朝的一半，
秋风吹去尘土，把海吹得直立起来，
黄河之水，被吹作一个立柱。
而山河，碎成鸟影，又聚合在一起。
以李白的方式谈论凤凰过于雄辩，
不如以韩愈的方式去静听：
他从颖师的古琴，听到了孤凤凰。
不闻凤凰鸣，谁说人有耳朵？
不与凤凰交谈，安知生之荣辱？
但何人，堪与凤凰谈今论古。

11

郭沫若把凤凰看作火的邀请。

大清的绝症，从鸦片递给火，

从词递给枪：在武昌，凤凰被扣响。

这一身烈火的不死鸟，

给词章之美穿上军装，

以迷彩之美，步入天空。

风像一个演说家，揪住落叶的耳朵，

一头撞在子弹的繁星上。

一代凤凰党人，撕开武器的胸脯，

用武器的批判撕碎一纸地契。

灰烬般的火凤凰，冒着乌鸦的雪，深深落下。

如果雪不是落在土地的契约上，

就不能落在耕者的土地上，

不能签下种子的名字。

如果词的雪不是众声喧哗，

而是嘘的一声，心，这面死者的镜子，

将被自己摔碎。而在准星上，猎手

将变得和猎物越来越像。

12

列宁和托派，谁见到过凤凰？

革命和资本，哪一个有更多乡愁？

用时间所屈服的尺度

去丈量东方革命，必须跳出时间。

哦，孤独的长跑者

像一个截肢人坐在轮椅上，

感觉深渊般的幻肢之痛

有如一只黑豹，仍然在断腿上狂奔。

蹉跎的时空之旅，结束在开端。

有人在二十一世纪，读春秋来信。

有人在北京，读巴黎手稿。

更多的人坐在星空

读《资本论》。

"读，就是和写一起消失。"

13

孩子们在广东话里讲英文。

老师用下载的语音纠正他们。

黑板上，英文被写成汉字的样子。

家长们待在火柴盒里，

收看每天五分钟的国际新闻，

提醒自己——

如果北京不是整个世界，

凤凰也不是所有的鸟儿。

十年前，凤凰不过是一台电视。

四十年前，它只是两个轮子。

工人们在鸟儿身上安装了刹车

和踏板，宇宙观形成同心圆，

这26吋的圆：毛泽东的圆。

穿裤子的云，骑凤凰女车上班，

云的外宾说：它真快，比飞机还快。

但一辆自行车能让时间骑多远，
能把凤凰骑到天上去吗？

14

然后轮到了徐冰。瞧，他从鸟肺
掏出一些零配件的龙虾，
一些次第的芯片，索隐，火力，
（即使拆除了战争，也要把凤凰
组装得像一支军队）。
他从内省掏出十来个外省
和外国，然后，掏出一个外星空。
空，本就是空的，被他掏空了，
反而凭空掏出些真东西。
比如，掏出生活的水电，
但又在美学这一边，把插头拔掉。
掏出一个小本，把史诗的大部头
写成笔记体：词的仓库，搬运一空。
他组装了王和王后，却拆除了统治。
组装了永生，却把它给了亡灵。
组装了当代，却让人身处古代。
这白夜的菊花灯笼啊。这万古愁。
这伤痕累累的手艺和注目礼。
凤凰彻悟飞的真谛，却不飞了。

15

李兆基之后，轮到了林百里。

鹤，无比优雅地看着你，

鹤身上的落花流水

让铁的事实柔软下来。

凤凰向你走来，浑身都是施工。

那么，你会为事物的多重性埋单，

并在金钱的匿名性上签名吗？

无法成交的，只剩下不朽。

因为没人知道不朽的债权人是谁。

与不朽者论价，会失去时间，

而时间本身又过于耽溺。

慢，被拧紧之后，比自身快了一分钟。

对表的正确方式是反时间。

一分钟的凤凰，有两分钟是恐龙，

它们不能折旧，也不能抵税。

时间和金钱相互磨损，

那转身即逝的，成为一个塑造。

16

然后，轮到了观者：众人与个别人。

登顶众口之言无足轻重，

一人独语，又有些孤傲。

人，飞或不飞都不是凤凰，

而凤凰，飞在它自己的不飞中。

这奥义的大鸟，这些云计算，

仅凭空想，不可能挪移乾坤。

飞向众生，意味着守身如一。

因此，它从先锋飞入史前物种，

从无边的现实飞入有限，

把北京城飞得比望京还小，

一个国家，像一片树叶那么小。

陆宽和黄行，从鸟胎取出鸟群，

却不让别的人飞，他们自己要飞。

17

然后，轮到人类以鸟类的目光

去俯瞰大地的不动产：

那些房子，街道，码头，

球场和花园，生了根的事物。

一切都在移动，而飞鸟本身不动。

每样不飞的事物都借凤凰在飞。

人，不是成了鸟儿才飞，

而是飞起来之后，才变身为鸟。

不是飞鸟在飞，是词在飞。

所谓飞翔就是把人间的事物

提升到天上，弄成云的样子。

飞，是观念的重影，是一个形象。

不是人与鸟的区别，而是人与人的区别

构成了这形象：于是，凤凰重生。

鸟类经历了人的变容，

变回它自己：这就是凤凰。

它分身出一个动物世界，

但为感官之痛，保留了人之初。

痛的尖锐

触目地戳在大地上，

像一个倒立的方尖碑。

18

为最初一瞥，有人退到怀古之思的远处。
但在更远处，有人投下抽丝般的
逝者的目光。神的鸟儿，
飞走一只，就少一只。
但凤凰既非第一只这么飞的鸟，
也非最后一只：几千年前，
它是一个新闻，被尔雅描述过。
百代之后，它仍然会是新闻，
因为每个时代的新闻，都只报道古代。
那么，请将电视和广播的声音
调到鸟语的音量：听一听树的语言，
并且，从蚜虫吃树叶的声音
取出听力。请把地球上的灯一起关掉，
从黑夜取出白夜，取出
一个火树银花的星系。
在黑暗中，越是黑到深处，越不够黑。

19

凤凰把自己吊起来，
去留悬而未决，像一个天问。
人，太极般点几个穴位，把指力
点到深处，形成地理和剑气。
大地的心电图，安顿下来。

天空宁静得只剩深蓝和深呼吸，

像植入晶片的棋局，下得斗换星移，

却不见对弈者：闲散的着法如飞鸟，

落子于时间和棋盘之外。

不飞的，也和飞一起消失了。

神抓起鸟群和一把星星，扔得生死茫茫。

一堆废弃物，竟如此活色生香。

破坏与建设，焊接在一起，

工地绽出喷泉般的天象——

水滴，焰火，上百万颗钻石，

以及成千吨的自由落体，

以及垃圾的天女散花，

将落未落时，突然被什么给镇住了，

在天空中

凝结成一个全体。

2012.3.3

文 章

WENZHANG

纸手铐：一部没有拍摄的影片和它的43个变奏

影片《纸手铐》在三个层面上展开。

在第一个层面上，该片将以故事片的虚构形式直接呈现一个人的真实经历。那人作为一名"思想犯人"，70年代曾在一座极为偏僻的、近乎抽象的监狱里被囚禁了数年。那是一个物质极度匮乏的年代，这种匮乏在这座监狱里也有所反映：该监狱关押了近千名囚犯，但只有十来副铁铐。这对于维持正常的监狱秩序是远远不够的。

于是，纸手铐被发明出来。囚犯如果违反了狱规，其惩罚不是直接用铁铐实施，而是以监狱管理人员即兴制作的纸手铐来象征性地铐住囚犯的双手，惩罚时间从三天到半个月不等。惩罚期间，若纸手铐被损坏，则立即代之以铁铐的真实惩罚（铁铐每副重达30公斤）。如果惩罚期满时，纸手铐仍然完好无损，则不再实施铁铐的惩罚。

纸手铐被发明出来之后（无论它是作为一个玩笑，还是作为欠缺物质性的无奈之举），囚犯们为逃避铁铐的惩罚，全都神经质地、心力交瘁地保护纸手铐不被弄坏。长年累月这样做，导致囚犯在心灵的意义上普遍患了"纸手铐恐惧综合征"。

该片的主角（叫什么名字不重要，我们暂且称他为"那人"）对纸手铐的恐惧，起初体现为对记忆的恐惧，而记忆是他维系与入狱前的自由生活之真实关系的唯一途径。他的父亲是一位享有盛名的民间剪纸艺人，其"纸鸟"作品系列千姿百态，广为人知。影片主角自小耳濡目染，心追神往，受父亲影响之深可想而知。通过"纸"来表达飞翔的愿望，成了他内心深处萦绕不散的一个深度情结。

档案是这样记载那人的入狱原因的：胆敢将主席头像裁去一半，折成纸鸟，到处飞着玩儿。这是怎么回事呢？

原来那人暗恋上了一个女孩。他发现女孩每天黄昏都会独自一人在空地上看飞鸟，有时会痴痴地看上一小时。于是那人突发奇想，决定用纸折一只鸟送给女孩。但他找不到中意的纸。物质匮乏的年代，好纸得用来印制主席像。那人只好用主席像反过来折（纸张太大，就裁去一半）。女孩得到了纸鸟，欣悦之余，将纸鸟带回家中，拆开来想照原样折出更多的纸鸟。女孩家长发现纸鸟是用主席像折叠的，而且是半张主席像。这可是个大案。那人就这样被抓进了监狱。

在监狱中，那人必须与自己的童年记忆、青春期记忆决裂：同样是"纸"构成的现实，从前是关于飞翔的，现在则是关于禁止和惩罚的。最终他对纸手铐的恐惧变成了日常生活。他终日沉湎于纸手铐幻觉之中，双手在任何时候都呈现出被铐住的样子，甚至在梦中也是如此。并且，他不能忍受纸撕碎时发出的声音，他对那个声音极度敏感，深怀恐惧。

纸手铐的"囚禁"主题变形为"听"：对纸撕裂时发出的微弱声音的一种听，非常遥远的、几乎没人在听的一种听——在纸里听到铁，在各种声音中听到纸。一种连它自己都不是的声音，可以任意被改写为任何一种令人恐怖的声音。影片的主角第一次听到那声音（纸手铐被撕碎的声音）是在梦中，当时他正好梦到一枚伸手可摘的苹果，他双手向上去摘那苹果时，铐在手上的纸手铐撕碎了，他听到了一种类似于刀片在割、锉子在锉的带铁锈的声音——与其说是听到的，不如说是感觉到的。

诸如此类的细节对我们来说可能是思想的隐喻，但对那人来说则是每天的现实。以致出狱多年之后，这种"纸手铐恐惧综合征"仍然在他身上起作用。他双手被无形的、内心的手铐固定在某处，永远呈现出被铐住的样子。他只有在"被铐"的状态下才有安全感，才能感到"手"的存在，才能安然入眠。他依靠对纸手铐的想象活在世上，纸手铐对他来讲既是恐惧又是一种类似于乡愁的"迷恋"。他只能在幻想中但不能在现实生

纸手铐：一部没有拍摄的影片和它的43个变奏

活中听到纸撕碎的声音，比如，拆开一封信的声音。出狱后，他收到过那么多来信，但他从不拆开。那些来信中有那女孩的来信吗？女孩一直在等他吗？在命运的意义上，他将错过什么呢？

影片的第二个层面是对上述故事的即兴讨论。

这个部分将用纪录片的手法拍摄。讨论不加预设，主要围绕以下几个命题：

其一，想象中的监狱比真实的监狱更为可怕，因为没有任何一个人真的关在里面，但又可以说人人都关在里面。这个监狱是用可能性来界定的。

其二，纸手铐带来的"不自由"的恐惧在于：它太容易挣脱，因为它取消了"铁"这样的物质现实，囚犯一不小心就挣脱了它，完全不想挣脱也不行。纸手铐一撕就碎。在这里，惩罚变成了游戏和玩笑。一种肉体的悲剧结束了，代之以一种心智的喜剧。

其三，考虑虚构的能量。纸手铐是站在虚构这边的，但它本身构成了一种真实。被纸手铐铐住的是我们身上的"非手"，纸耳朵听到的是众声喧哗的"聋"。

其四，纸手铐所包含的"非手铐"因素是如何起作用的？"非手铐"的存在证实了"非手"的存在，在纸手铐里我们看不到真正的手。

其五，纸手铐发明了一种"非肉体"的惩罚。在纸手铐中，作为肉体的手是不存在的。但如果手铐不是铐在手上的，那么它铐在什么上呢？如果最严酷的惩罚不再施加于肉体之上，它又能施加于什么上呢？答案似乎也就深藏在问题之中：既然惩罚的对象不再是肉体，那就必然是心灵。曾经以物质的（铁铐的）形式降临在肉体上的灾难，现在以非物质的（纸铐的）形式深入心灵、想象、直觉、梦境之中。囚禁内化了。囚犯本人是怎样成为他自己的狱卒的？

在影片的第三个层面，参与讨论的人一个个销声匿迹，只剩下孤零零的、手写体的文本。一种清洗液开始清洗影像，它同时被涂抹到影片的声带上。起先，人的声音没有了：交谈声变成了哑语，咳嗽声哽在喉咙里。接着，物的声音也没了：电话被挂断，打字或书写的声音被橡皮擦擦去，仅有的一支枪是哑火的，不能发射子弹。最后，电影放映的声音也消失了，放映机不再转动，但影片继续在放映。清洗之后，只剩下纸被撕碎的声音：各种不同的撕法，各种不同的纸。

影片越来越抽象，越来越静谧，最后达到近乎默片风格的地步。它能否被拍成具有纯粹电影本能的片子？

从最后出现在银幕上的那缓慢移动的、孤零零的、手写体的文本中，可以读到如下文字（这些文字构成了关于《纸手铐》影片主题的43个变奏）：

1. 究竟是什么在定义纸手铐，使之如此牢固地铐住那人的手？有没有比恐惧更隐蔽，但又更直接、更具原理性质的东西在起作用呢？纸手铐铐住的其实不是真手，而是纸手铐发明出来的非手。这可真是一件怪事：那人被纸手铐铐住之后，手仍然是真的，但却像假的一样不起作用了。起作用的是非手。手和非手共享一种现实，共有一副皮囊，它们看上去就像为同一把锁配的两把钥匙般一模一样。

2. 没人能听到纸手铐撕碎时，人（作为历史幻象的人，或作为构造现状的人）从内心发出的一声尖叫。没人能听到纸里面的铁，骨头，词与物。没人知道究竟发生了什么。纸手铐，这是什么意思呢？纸可以用来书写，涂抹，擦拭，遮蔽，登记，印刷，绘画，折叠，搓揉，燃烧，但纸肯定不能用来定义手铐。纸，手铐，这是两个完全相反的概念，当它们在同一个物质现实中合为一体时，那物质现实显然意味着对两者在定义上的取消。手铐的定义——强迫性地铐住你的手，不让手乱搁乱动，不让手挣脱——被纸取消了。而纸的定义——一撕就碎——被手铐改写为铁，在这一改写中铁实际上既是最后的存在，又从未真的存在。所以就定义而言，手铐，纸，铁，这三样东西作为它们自己全都自行取消了，它们全都以放弃自己来表达自己，以退出自己来抵达自己。纸手铐作为一个物，其存在并无实体，其起源无法眺望，具有詹姆斯·乔伊斯所说的"使语源虚无化"的性质。

3. 纸手铐：一个"灾变幻象"。它不仅是监狱管理人员的发明（监狱管理人员是在一对一的、日常公务的语境中发明纸手铐的，纸手铐起源于狱规、物质匮乏、个人恶作剧的诡异混合），更是囚徒自己的一项发明：用纸发明铁，用轻发明重，用真发明假。这是否意味着手铐被非手铐重新发明了一遍？

4. 纸手铐耐人寻味之处在于：它不仅是被现实发明出来的，也是被梦发明的。一个长时期戴纸手铐的人，去掉纸手铐反而难以入眠，即使入眠也会"梦见"一副纸手铐。

5. 这恐怕是谁也没有想到的事：纸手铐可以用来固定手在梦中的位置。想一想吧，

纸手铐：一部没有拍摄的影片和它的43个变奏

梦的世界是多么广阔，多么自由。那在梦中被规定了位置的手是你的手，还是梦中人的？梦是生者的国度，还是死者的？你还不是死者，却像死者那样在听，听到所有生者身上的死者的耳朵。或者说，是死者在生者身上竖起了耳朵，偷听活着的那个人。

6. 你只能听到你早已听到过的声音，只能看到你早已看到过的形象。那声音，那形象，甚至你不在听、不在看的时候，也到处都能听到和看到：在别的声音和形象中。你看着某物，它起初并不是你早已看到过的那物，但慢慢就会（没准突然就会）在形象上变得与那物相似起来。你听着许多彼此不同的声音，它们最终都聚拢和消失在你早已听见的那个声音上。

7. 由此构成了一种我们称之为超声音的声音，超形象的形象，亦即一种超现实的古怪现实：如果你在别的声音和形象中听不到它，看不到它，它就会从中发明它自身。它随处藏身，又随处现身，想回避都回避不了，以致你对它的任何回避全都反过来证实它，形成它。你看它的时候，它也反过来在看你。仿佛不是你在看它、听它，是它本身在看，在听——用你早已听到的声音去听你从未听过的。

8. 这样一种超声音和超形象，这样一种超现实，已不仅仅是一种精神氛围，它直接是生理和自然的一部分。它形成了自己的生命，有自己的身体。那当然是个假的身体，但假的在某个语境中比真的还要真。它没眼睛但能够看，没耳朵但在听，没腿但行走在我们中间——"跛，在某处追上了跑。"它戴了顶帽子，可是没有头（歌德写过这么两句打油诗："缝制一顶帽子容易，找一个适合它的头颅却难"）。它到处与人相握，却没有手。

9. 请给它铐上一副纸手铐。没有手，就从我们每个人的身上借。纸手铐铐住的现实，要多轻有多轻，但对于重的它又太重。存在的天平并未因此而倾斜。天平的另一端是些什么呢？法国诗人圣琼-佩斯在《远征》一诗中写道："用一粒谷子称量生活吧。"真的，从词的意义上讲，生活就只有一粒谷子那么重。

10. 一粒谷子是对生活的一种馈赠。一副纸手铐呢？

11. 纸手铐：一个尺度。它不仅衡量出了"自由"是多么轻，而且衡量出"不自由"有多么轻，多么虚无，多么游戏化。监狱管理人员也好，囚徒也好，手都是纸手，人也都是纸人。

12. 总得给虚无派用场。手铐被纸虚无掉之后，手并没有从手铐解放出来，升华出来。相反，手也虚无掉了。手现在变得必须和手铐在一起才能证实、才能感觉到它自身的存在。一个对手铐感兴趣的自由人，这是什么意思？有没有一副对自由感兴趣的手铐呢？铐过太多的手之后，手铐对手已经不感兴趣了。而对于手来说，铁手铐和纸手铐，其实都一样：手不堪其重，也不堪其轻。在这里轻也就是重，自由正是不自由。

13. 有了纸手铐，人就可以把自己内心的恐惧感和不安全感托付给它，将生命的全部注意力凝聚于不让纸手铐被撕坏这样一个念头（一个命题）中。在纸手铐完好无损的领域内，囚徒是安全的，宁静的，不受惩罚的。纸手铐的圆类似于孙悟空划出的圆，只要待在里面就是安全的：铁进不来。纸手铐成了保护伞，它使囚犯避开了来自物质的、真正铁手铐的伤害。这是一种纯属内心的、不可测度的恐惧，恐惧就恐惧在，恐惧的对象在物质上过于非物质化：纸手铐太容易挣脱，太太容易，一不小心就挣脱了。因为纸手铐乃非物质的产物，保护手段也就不是物质的，而是精神上的。保护纸手铐不被撕坏——这本身就是一个象征性的命题。人只能依靠象征性，依靠对并无实体的纸手铐的感觉、推断、虚构来保护它，而没有物质性可以依靠。

14. 物质性：这正是中国的文学生活、知识生活真正欠缺的东西。纸手铐之所以具有威慑力量，是由于纸里头有"铁"这样的物质。当然，这是那种"语源虚无化了"的物质：因为当纸转化为更为虚无的存在状态（比如，撕碎的声音）时，那人听到的不是纸本身，而是别的声音。纸在语源上被改写了。

15. 纸手铐将手变成了象征性的手，没有手的手，不敢乱放乱动，不知往哪儿搁。

16. 纸就是纸，铁就是铁——实证思想如是说。但纸在何种程度上被准许是铁？纸与铁的吊诡关系是实证主义难加追问的。说到底，纸和铁在纸铐中与其说是事实，不如说是陈述事实的"词"：不透明的、由反词构成的词。纸与铁的差异，无非是轻词与重词的差异。而手铐本身不过是一种引申义，一个中间环节。

17. 事实会不会因词的减轻而变得透明呢？用纸减去铁之后，一副手铐还剩下些什么呢？它更多了：多出了象征性，多出了虚构，多出了词。

18. 当心词。手铐既不是铁的也不是纸的，而是词的。是词在铐你。

19. 纸手铐的虚构性质是如何产生影响的？纸手铐中的超手铐是否早于物的存在、早于词的描述就已预先"根植于一预备性质且处于基本选择的深处"（福柯《知识考古学》）？超手铐赋予纸手铐的存在以合法性、真实性，使之成为一种话语——纸手铐并非伪手铐，而是关于真手铐的伪陈述。

20. 与铁之重纠缠在一起的纸之轻把手铐变成了一种奇异的肉体真实—心灵真实混合体。纸吸收了铁的成分，并用非肉体的语言对身体说话。纸手铐对心灵的惩罚不可避免地涉了身体，成为双重惩罚。

21. 这里面有一种复杂交错的关系：对身体的司法控制与对心智的观念性控制纠缠在一起。一种依附状态（比如手依附纸手铐，自由依附不自由）围绕控制被组织起来，被精确地设计出来，被精心照料、培养、估算，不借助暴力和恐惧，但却依然是物质结构的一部分。铁之重从纸之轻蒸发了，权力仅是一种氛围。

22. 纸手铐应被解读为一套权力技术学的编码，而不是权力本身。它把一个人具体的、单独的身体，变成了社会的、集体的、匿名的身体。它行使的乃是一种微观权力，有无数的投射点，转折点，冲撞点，透视点，出发点，消失点。真正的权力总是以缺席表示它的在场，以不足表示它的过剩，以仁慈表示它的残忍。

23. 那人身上从前的、无以名状的、对外界事物的恐惧，现在全都朝着对纸手铐的恐惧涌起。这是发明。用具名的、个别的、部分的恐惧发明抽象的、无名的、不存在的、整体的恐惧。词与名来自于物，现在，它反过来成了物的起源：先有对纸手铐的想象和恐惧，然后才有纸手铐。真的，人有时需要一个像纸手铐那样的恐惧，以便把一切恐惧往里面倒（像倒垃圾一样），把许多恐惧之后的又一个恐惧变成初度的、第一次的恐惧，把对老鼠、对狗吠、对子弹和鞭子的恐惧全都交给纸手铐去保持，去铐住，去撕碎，去与铁的现实构成对称的、折叠的关系。纸手铐是这一切恐惧的总称，一个空无所指的纯能指：因为它什么都不是，所以它是一切。

24. 最终，那人变得必须依赖这种"纸手铐恐惧综合征"来维系生存。他只能借助它来避开它，"迷恋"诞生了。一切都显得那么可疑，事情在扭曲之处直起身子，好的故事被讲坏了，异于寻常的事物也常态化了。恐惧变甜了，变得乡愁起来，销魂起来——那样一种密不透风的、保险丝般的宁静，以及对这宁静的深深倾听。借助于恐惧才能听到的声音，听着听着就变成了别的什么。听是一个形而上的排除过程：排除一切不是恐惧、不是纸手铐的声音，只听最怕听到的声音。在怕的背后，是迷恋。

25. 对纸手铐的听，在那人身上培养出一些不可思议的才能。比如"聋"的才能——再大的响声，只要其中没有纸，他都会像聋子似的听而不闻。他内心的听觉天空是被纸折叠过的，层层打开之后，风景和气候都是纸的，"聋"在其中像纸鸟一样飞翔。聋之所以被称之为一种才能，是因为聋并非什么都听不见，聋在这里具有一种从较大的声音里听见较小的、特别小的、几乎无声的声音的颠倒的、非生理的特质。聋将那人的听力完全扭转到对纸手铐的倾听之后，纸手铐就成了一个开关，打开了什么不得而知，但它关掉了许多真实的声音。有时真实的声音会带来恐惧。狗的狂吠，猫的怪叫，狼的阴嚎，枪声和炸弹声，车祸的急刹车声，碎玻璃声，夜深人静时小偷弄出的声音（越小心越恐惧），所有这些真实的声音，以及这些声音派生出来的种种恐惧，全都被纸给关掉了。除了纸撕碎时发出的声音，再没有别的什么声音能带来恐惧。

26. 其实那些关掉的声音，狗和狼的声音，扳机和车祸的声音，小偷的声音，它们并没有真的消失，它们只是被纸手铐挪移了。纸手铐：一个古怪的、存什么都行、但只能存不能取的银行账号。就像一个人可以把每一笔钱都往死人的银行户头上存，他也可以把铁往纸挪移，把有往无挪移，把生往死挪移。想一想吧，一个人以死人的名义存了那么多的钱，死是富有的。除非人活着的时候就成为那死人，否则他不可能花那笔钱。你是否在你自己的身上发现了这个死者呢：这只存钱不花钱的人，刀枪不入的人，绝不会撕碎纸手铐的人？没准你只是这个死者的替身。你替他活在这个世界上，自己却早已死了，要不怎么连挣脱一副纸手铐的力气都没有？

27. 不是那声音（纸撕碎的声音）发出来了，你才听到它，而是你听到了那声音，那声音才发出来（也可能不发出来）。

28. 那人听到了那声音：纸发出的铁的声音。从纸到铁，转换是如何完成的？像挪威画家蒙克那样转换——有尖叫，但没有嘴？是别的什么在尖叫，尖叫本身从不尖叫。真正的尖叫是叫不出声来的。或者像加拿大钢琴家格伦·古尔德那样，将音乐从听转换成不听？他在弹奏巴赫某些艰深的赋格作品时，将双耳用棉花塞住，听转换成不听之后，也许他真的能看到复调音乐中的线条起伏、和声变化、明暗对比、数字关系。《东方学》一书的作者萨义德是个古尔德迷，正是古尔德弹奏的巴赫，帮助他完成了从听到看的决定性转换。晚年的贝多芬不也曾借助于聋的启示（是真聋），来处理音乐中纯属原理的东西，将听推进到"不听"的深处吗？选择"不听"的角度去听贝多芬的晚期作品，尤其是晚期弦乐四重奏和钢琴奏鸣曲，我们就有可能听到深藏于他作品之中的聋，不仅是生理的、也是形式和原理上的聋：聋，既是他音乐思想的消失点，也是起点。

29. 聋在这里并非听不到，而是将声音反过来听，听着某物却听见另一物——比如，听着纸，却听见铁。聋，就是听见反声音，听见"不可听"。人透过聋所听到的声音，像纸一样可以折叠，有正面，也有背面。从纸的正面看到的清晰字迹，从背面看只是一些乱码。在听的背面，你只能听到声音之间的临时差别和偶然联系，而听不出声音之间的意义联系，以及音与物的联系。换句话说，所有的声音都是漂移的，悬浮的，失去了固有音源。扳机的声音可以不在枪上，而是在收音机的旋钮上，在电灯的开关上。鸟叫声可以是玩具做的，可以让玩具狗、玩具猫去叫，也可以是真猫真狗叫出来的。汽车的喇叭声可以塞进笛子里吹，搁在二胡上拉。肖邦可以交给锯子去锯，锉子去锉，看能弄出些什么样的硬声音。如果你要的是一个软肖邦，你可以把他交给花朵去绽开，去凋零，交给流水去悠悠地流。至于内心的那一声尖叫，它可以在骨头里生长，折断，碎作粉末，可以像癌细胞一样扩散，也可以在我们身体里最痛的地方结石。那么，把你内心的尖叫叫出来吧，无论你从中听到的是纸还是铁，是现实还是虚构，是砰的一声还是嘘的一声。

30. 这样的声音（反声音），得用什么样的耳朵去听？纸手铐恐惧症把我们每个人的手变成了假手，也把耳朵变成了假耳朵——登记过的、盖了公章的、神经分叉的耳朵。问题是，谁在这纸耳朵里听呢？由于听失去了音与物的真实联系，失去了命名的基础，只剩下孤零零的听，由不听构成的听，所以，不知听者为谁。这个听者是但又不是我们当中的任何一个人。

31. 别以为那人对纸撕碎时发出的声音的恐惧，是由他对那声音的回避加以证实的。恰恰相反，他是在所有不是纸的声音中寻找纸被撕碎的声音。就像一个有怪癖的人在一场钢琴音乐会上专听弹错的音，去掉那错音之后，他的绝对辨音力就会跟着消失。

32. 法国一位当代历史学家认为"历史是关于痕迹的知识"。一双被纸手铐铐住的假手在世界上留下的痕迹，有没有经过指纹确认？被纸耳朵听过的声音，有无痕迹可寻？真的声音和假的声音，词的声音和物的声音，可听的声音和不可听的声音，甜蜜的声音和恐怖的声音，纸耳朵会不会将两者之间的区别，变得像是用中文在为一部英语电影配音似的对上口形？

33. 听是不留痕迹的，但用纸耳朵去听，那是另一回事。你甚至可以听到（触摸般地听到）青草生长的声音，光线变暗的声音，花朵绽开或凋谢的声音。这些声音在被听之物的表面留下了雪崩似的形状和痕迹：

> 周围的世界突然塌下
> 一种奇异而奢侈的感觉
> 如同被女人的手所触摸

34. 纸手铐恐惧症是靠可能性喂养的。纸手铐铐在手上，它并没有撕碎，它只是可能撕碎。对恐惧来说，这一点点可能性就够了。可能性是借来的，问题是，还给谁？还不掉的东西，就成了你自己的现实。

35. 恐惧，就是恐惧者和恐惧物一起消失。这是真正的恐惧：人人对它浑然不觉。

36. 减轻恐惧的有效方法是找到一种更大的、他人的恐惧。加在一起的恐惧没正面，但有两个反面。

37. 哦，监狱管理人员，你拿犯人的这种恐惧，这种半是迷恋半是梦魇，半是惩罚半是儿戏，半是真实半是虚构的恐惧怎么办？真的，是铁手铐你可以打开它，废除它，砸碎它，也可以让囚犯戴上它，承受它。但纸手铐呢？纸手铐是"乌有"，你却用它来显现"有"。它表达的一切都意味着"是"，可它本身却是"不"。纸手铐，一种本就是空的东西，打开，还是空的，扔掉，还在那儿。纸手铐，一个轻如空气的名字，你用它来叫每样不是它的东西，直到它叫过的每样东西都被叫轻了，而它自己却在当中变得无比沉重。是的，必须向你致敬，尊敬的监狱管理人员，我们未来的保卫科长、人事科长或仓库主任——还有什么恐惧与纸无关，你就会让纸成为什么。

38. 纸手铐，一个无所不在的漏的意象。较大的声音被较小的声音漏没了，实在被空想漏没了，复数被单数漏没了，老年被青春漏没了，句子被单词漏没了。汉语在英语里漏，普通话在方言里漏。自行车骑着骑着就瘪了，有人还在费劲地骑（以慢动作骑）。啤酒和可乐，喝上几口就没了泡沫。所有的泡沫都在经济、在互联网上漏。国家被省漏掉了，省被县漏掉了，县被乡镇漏掉了。大学用中学在漏，中学用小学在漏。到处都在漏水，漏电，漏气，漏税。加法漏没了，就用乘法接着漏。水库，池塘，合起来也不够一只抽水马桶漏。那么，索性把大海也拿来漏。"整个地中海漏得只剩几个游泳池"——这旧时代的地中海，再漏就只剩几滴眼泪了（哦，有闲阶级的女士，用你幸福

纸手铐：一部没有拍摄的影片和它的43个变奏

的黄手帕轻轻擦去它吧）。而无产阶级的铁，也漏得只剩下一些纸，连锈都不再生。

39. 那人对世界的最后感觉是撕。有纸要撕，没纸也撕，使劲撕，没完没了地撕，不讲道理地撕。我们为什么不能像他那样，将要撕的东西撕上两次，一次用纸，一次用铁？无疑，用上帝撕过的，还得再撒旦再撕一次。将里子翻过来当面子撕。将胜利当失败撕。将荣耀当耻辱撕。用人民币去撕美元，马克，英镑。用10元钱去撕100元钱。

40. 整个西方现代社会不都是用纸在统治吗，只不过纸没被赋予"手铐"的形式而已。到处都是纸：银行户头，账单，发票，支票，现金，生日贺卡，明信片，护照，选票，流行小说，街头小报，垃圾邮件，传真，统计表格，教科书，圣经，电话号码簿，卫生纸，餐巾纸，留言条，病历。真的，这是一个近乎疯狂的纸的世界，纸意味着一切：书写，阅读，签署，擦拭，登记，开销，支付，包装，传递。纸，究竟是民主的，还是极权的？左派的，还是右派的？大众的，还是少数人的？纸的秩序被描述为一种相互缠绕的东西，并隐秘地与一种新的肉体政治形成了对折。这种对折不仅产生结构，也产生要求。它所创造出来的形象乃是一个肉体的形象。现代性需要什么样的躯体呢？现代社会对躯体的滥用、训导、抽空，不仅简化了现实，而且缩小了自我：缩小成一小块晶片，一个信号，一个签名，一个电话，一个单词。这么一个躯体，浑身都是纸，不知怎么就挤进了历史。

41. 纸手铐作为一个精神命题，恐怕很难为西方人所理解。总不能像发选票一样，给每个西方人发一副纸手铐吧。即使发了也是白搭，在西方人看来，那只是一个玩笑而已。它本来就是玩笑，不同之处在于：西方人在纸手铐的玩笑中怎么也想象不出铁的存在（纸就是纸，不含铁的成分，此乃西方实证主义思想的一个出发点），而东方人则可以将铁的现实强加给玩笑似的纸手铐。

42. 电脑出现了。这是否有助于我们克服"纸手铐恐惧综合征"呢？电脑业软件巨头比尔·盖茨说过："我们大家都致力于消灭纸。"是的，在一个比特的世界里，人再也用不着和纸打交道了。问题是，多年来，我们已经习惯了纸手铐。我们都是些纸人。我们已经迷上了纸手铐：它的痕迹，像豹子的优美条纹长进了身体。

43. 而且，纸手铐消失之后，数码手铐会不会被发明出来呢？

格伦·古尔德——最低限度的巴赫

在我看来，格伦·古尔德弹奏的巴赫，堪称20世纪最重要的音乐标记。为什么是古尔德？为什么不是另外几位同样是以弹奏巴赫的键盘作品著称于世的演奏家，比如，在古尔德之前曾如此优雅地弹过巴赫的兰多夫斯卡，在古尔德之后被DECCA唱片公司全力推出的安德烈·希夫，以及和古尔德大致同时代的图里克，或赫尔姆特·瓦尔恰？将这几位巴赫专家演绎的巴赫对照起来细细聆听，然后以之为镜鉴，去折射和过滤古尔德的巴赫，我敢说，我们得到的肯定是一个最低限度的巴赫。

古尔德的巴赫是有争议的。如何诠释巴赫历来就众说纷纭，但在将巴赫音乐理解为净化和提升这一点上，则是众口一词的。古尔德对那个高高在上的巴赫不感兴趣，他追问的是巴赫在"元音乐"意义上的最低限度在哪里？多年来，人们在演释和欣赏巴赫时，总是将宗教信仰的内核视为巴赫音乐的精髓之所在，总是从这个角度去把握和界定巴赫。这似乎没有错。但是，当人们对于巴赫的这种预先规定好了的神学阐释成为一种固有现实，一种权威性的意识形态时，我以为，像古尔德这样的异端人物的出现就是必要的、意义重大的和决定性的了。实际上巴赫远比我们已知的和愿意知道的要复杂得多，除了神学巴赫，是否还存在着一个元音乐的巴赫呢？

这正是古尔德想要追问的。巴赫在写作声乐作品和乐队作品时，可以说是一个宗教音乐家，但在写作键盘作品时（少数几首管风琴作品除外），他则主要是个用半音和持续低音来思想的复调作曲家。他透过键盘作品提出或解决的全是关于音乐本身的问题。例如，在《十二音平均律钢琴曲集》这部被誉为钢琴文献中的"旧约"的作品中，巴赫所解决的问题是，如何将当时使用的全音平均所内含的各种不同的半音安排在八度以内，以便使音阶里的各音调比率相当，而又连成一气。巴赫将八度音大致区分为十二个平均的音调，尽管它们无一完美，但借助于一协调原则，音调之间就可任意转换了，且每个音调任择其一都可充作主调。不难看出，这部作品中的音乐主题和素材都是关于音乐本身的。又如，《戈德堡变奏曲》也处理了一个音乐原理问题：当左手部分的持续低音（thorough bass）不间断地运行时，音乐的主题如何在右手部分的呈现过程中，保持平行主题与逆行主题之间的变奏张力。至于巴赫的《赋格的艺术》（巴赫没有规定用何种乐器演奏，而我将其视为键盘作品），这部堪称对位法压卷之作的不朽杰作，更是为讨论赋格思想、确立对位原则而写的，属于那种"在百万颗钻石中总结我们的"的东西。

像这样一个巴赫是神学阐释所能穷尽的吗？古尔德的出现对我们是一个提问：巴赫的全部已经被弹奏出来了，还是部分？古尔德是巴赫的一个开关，关掉了巴赫音乐中的宗教成分，打开了元音乐。古尔德减少了巴赫，但他的少是如此之多。因为附加在巴赫音乐思想上面的神学演释已近乎陈腔滥调，古尔德想做的第一件事就是使之消声。也许我的耳朵出了问题，怎么我听古尔德弹奏的巴赫，会时不时产生出某种难以解释的幻觉来，觉得他把巴赫弹着弹着就弹没了声音，仿佛巴赫的复调音乐在最深处不是用来听，而是用来阅读和思想的。在一本古尔德的传记中有这样一个细节：他弹奏巴赫作品中某些极为艰深的多声部段落时，常常是用棉花塞住耳朵。我以为，这么做是为了排除听觉的干扰，以便专注于思想本身。古尔德令人信服地证实了演奏在何种程度上可以不听，听又在何种程度上可以转变为观看和阅读。不少古尔德迷都注意到了他弹奏的巴赫具有那种不仅能听、也能观看和触及的特殊性质。这种特质使人着迷。想想看，巴赫复调思想的音乐织体是何等复杂缜密，经由古尔德条分缕析的演绎，被赋予了具体可感的仿型形状，直接呈现为思想和精神的袖珍风景。这样一个巴赫无疑是我们能听到和看到的所有巴赫中最为清晰的巴赫。

幻想性和分析性的兼而有之，以及技术控制与对位头脑的交相辉映，所有这些加在一起，共同分享了古尔德的清晰度。这样一种清晰度像空心玻璃体那样笼罩着巴赫的音乐王国，巴赫本人站在玻璃的内部，他太透明了，以至成了他自己的囚徒。这不仅在音乐表现力上，并且在原理上限制了巴赫——而这正是古尔德想要的。将兰多夫斯卡，图里克，尤其是德国正宗气度的瓦尔恰与古尔德加以对照，我们不难看出古尔德的局限性：他的巴赫没有外观，没有世俗人性的广阔外观。他在演奏巴赫时所呈现的每一个侧面都是内省的，收敛的，反弹的。而且，古尔德式的内敛并不是指向被宗教信念或世俗情感定义过的心灵，从某种意义上讲，古尔德是冷漠的，他只对与音乐原理有关的东西感兴趣。他的巴赫的魅力来自他的局限性——既无外观，也无世俗的或宗教的内核，只有元音乐。

就表达20世纪对巴赫的元音乐空想而言，没有人比古尔德更深邃，更迫切。不是说别的巴赫专家身上没有这种空想，但细听之余，我的感受是，兰多夫斯卡的巴赫有太多时代精神的回声，图里克的巴赫则嫌少了点理念抽象。瓦尔恰是博大精深的，他把自己的"瞎"嵌入了巴赫的内在精神空间，就音乐性格来说，瓦尔恰的巴赫显然倾向于圣咏传说，因而带有信仰的烛照力量，但在追溯"使语源虚无化"的元音乐源头方面，瓦尔恰不及古尔德走得远。至于希夫，这个以古尔德为对立面的钢琴家，他的反古尔德的巴赫曾短暂地风靡一时，这个巴赫是凉爽清新的不带精神性的，无深度的，讲究礼貌的，一言以蔽之，希夫将巴赫中产阶级化了。与希夫相比，古尔德太过极端，太冒犯人。没法子，古尔德在骨子里是个一意孤行的左翼知识分子，谁也不知道他在弹奏巴赫时到底设计了多少只耳朵，就像我们不知道一个厨师在晚餐中放了多少盐，这属于生活本身的秘密。考虑到古尔德有时连自己的耳朵也塞住不听，没准巴赫本人复活过来听古尔德的演奏，耳朵也会被他关掉。群众的耳朵不是已经被关掉了吗？要听古尔德必须借助机器的耳朵。古尔德年纪轻轻就告别了现场音乐会，他只面对录音系统弹奏钢琴。别的钢琴家在音乐会上告诉我们该如何倾听那个本真的、全人类共有的巴赫，但是古尔德却躲在自己的录音室里，告诉我们为什么再也没有巴赫可弹奏了，除非巴赫以录音技术作中介，成为批评的对象，成为专家和现代消费者身上的双重隐身人。录音技术被古尔德用了个够，但不是用来纠错和制造噱头的，而是用于剪裁思想，勾勒音乐性格的。能不能这么说，洋溢于古尔德的巴赫深处的那种有如神助般的发明精神，在很大程度上是他的音乐天赋与他对录音技术的迷恋共同构成的。

尽管古尔德弹奏的巴赫对20世纪的众多听者称得上是启示，但这并不意味着他是将巴赫作为圣言、神迹、传奇、戒律来弹奏的。况且，"过多的启示成为某种使魔力丧失的东西"。我想，正是这个原因促使古尔德在演奏巴赫的某些重要作品时，将启示录式的弹法与招魂术的弹法合并起来考虑。例如，在弹奏《平均律钢琴曲集》时，古尔德持一个知识分子钢琴家的立场，但这部作品听久了，会听出某种蛊惑的意味来，仿佛在古尔德的元音乐立场后面隐隐约约还存在着某些未加澄清的含混事物。虽然再含混的东西都能被古尔德清晰明确地呈现出来，这证实了古尔德的过人之处，——含混本身从古尔德身上获得了直接性；但为什么他只是将含混的东西清晰地呈现出来，却对其内涵不予澄清？李赫特在70年代初精心录制的平均律比古尔德的平均律包含更多的"神奇成分"，相比之下，古尔德过于个人化。尽管李赫特公开声言他的秘密是"弹奏时从不思想"，但他的平均律带有相当浓厚的人文思考色彩，他的演绎是深思熟虑的结果，音乐本身被赋予了超出音乐的意图。这里我无意对李赫特版与古尔德版的平均律细加比鉴，但我想指出两者之间的一个重要差别。我不知道李赫特是在什么地方录音的，但他这个版本似乎有一个被预先规定了的内在精神场所，听者仿佛是置身于一座古老庄重的教堂在听。而古尔德的平均律则是传达出录音室特有的那样一股零件空间的超现实氛围。

古尔德曾两次为哥伦比亚公司录制《戈德堡变奏曲》。将古尔德的版本与其他演奏家的版本加以比较，肯定是一件有趣的事。不仅前面提及的几位巴赫专家全都有《戈德堡变奏曲》的CD版本，阿劳、鲁道夫·塞尔金，费耶茨曼，玛丽亚·尤金娜等钢琴家录制的这部作品也流传甚广。不过我认为，将古尔德自己的两个版本作对比，较之于别的版本对比更能说明问题。在我看来，古尔德的两个版本中采取了两种完全不同的演奏法——我称之为消极奏法和积极奏法，两者的差异不仅是技法上的，而且是观念上的。1955年版本是古尔德以消极弹奏法诠释巴赫的一个典范之作，在这里，古尔德将一切与音乐无关的感受性东西都排除在外，不仅外部世界的现状被排除了，包括外界境况在古尔德心灵世界投下的影像，包括他的生存体验、他的伦理观、他的情感状况和价值判断，所有这些全被排除在外。在消极弹奏的整个过程中，弹奏者身上的织体性是被抽空了的，经过消声处理的，仿佛不是演奏者本人在演奏，而是另有一个抽象的、提炼过的人在他身上演奏，此人只考虑音乐的内在意义，而不把这种意义与外在世界加以对照和类比。"与世隔绝是它的现实。"正是这样一种消极弹奏法，给古尔德比别的巴赫演奏者多得多的诠释自由，使他得以将注意力专注于音乐本身，而不必理会他自己的人生观，也不必理会诸如巴赫音乐中的宗教内涵、时代精神、自传成分等一大堆文献性因素的干扰。就音乐能量而言，古尔德在1955年版的《戈德堡变奏曲》里称得上是一个超人，听者能从音乐能量的热烈释放中捕捉到一丝透骨的冷漠：它是超然世外的，非人类的。消极奏法使古尔德在1955年的版本中自己成了自己的替身，这有助于他保持至关重要的心脑平衡，使演奏听上去既是任性的又是极度克制的，既带点孩子气又成熟得可怕，既传递出一种隐士般的禁欲气氛，又是嬉戏的，无比快乐的，心醉神迷的。

1981年4月，古尔德在纽约曼哈顿东30街的哥伦比亚唱片公司录音棚重录了《戈德堡变奏曲》。考虑到古尔德一生中从未将同一部作品重复录制两遍（现场音乐会的实况录音除外），考虑到他在重录这部作品后不到一年半就辞别人世，或许我们可以将1981年版的《戈德堡变奏曲》视为古尔德的音乐遗嘱。去纽约录音的前几天，古尔德重听了他自己26年前弹奏的《戈德堡变奏曲》，尽管从技术角度他仍认同这个版本，但古尔德公开承认："我无法与录制这张唱片的那个人的精神形式认同。就好像这张唱片是一个别的人录制的，与我无关。"主体性在1981年录制的这个版本中现身了，古尔德把他生命暮年所特有的那种秋天般的精神状态，以及弹够了巴赫的那份倦怠感和沧桑感，感人至深地在巴赫的复调织体中作了变奏式处理。现在，速度比1955年版明显慢了下来，这是一种适合对话的速度。的确，1981年的版本是对话的产物，我们在其中听到了两个声音，一个是巴赫的，一个是古尔德自己的，它们扭结在一起，彼此是对方的亡魂。我不知道古尔德为什么要把《戈德堡变奏曲》弹得像一个亡灵在弹，或许他深知这是他最后的巴赫了，也是20世纪最后的巴赫。古尔德是在告别。即使这部作品能够放到死后去弹奏的话，我想，古尔德也不会弹得比1981年的这个录音版本有更多的乡愁和挽歌气息。无疑，这个版本是古尔德本人用积极弹奏法——我对此一奏法的定义是：将主体对生命和世界的体验带入音乐的内在语境，作两相辉映的呈现——所能弹出的最具安魂力量的巴赫。在这个巴赫之后，对古尔德来说，已没有巴赫可弹了。剩下的巴赫，让希夫之辈、那些二三流的人去弹吧，随他们弹成什么样子。

1999年夏　北京

对话中的自我与"那个人"

——关于对话的形而上笔记

（一）

听，被言说斟满在一只空杯子里。听者的面孔从说者的面孔绽出。听，它的肉身比词更轻，比思想更委曲，更隐忍，比言说和书写有更古老的屋漏痕。在听的"屋漏痕"与言说的接触面上，词像是适度磨损的时间，新像是做旧的产物。听擦去与说构成的精神对角线，擦去属于自己的笔触，过程，以及这个过程所留有的种种意义或无意义，已知或未知。然后，听把因擦拭而产生的遮蔽物，剩余物，交给近乎无限透明的对话能见度。

在对话尽头，言说像鸟一样飞走了，聆听却留下来，开出像花朵一样天启的、深不可问的声音。听者在这个声音里用水来签名，却清晰如同墨迹。听的层次和重量薄如蝉翼。听的神经末梢像钨丝一样带电。听：它漆黑的、深海般的静谧。还有它的底片：在底片上出现了听者自己和所有的人。或许，比所有的人加在一起还多出一个人来。是的，是那个人。

"那个人"是谁呢？

那个人不在对话中，也不在我写的这个笔记里。他（她）不在词语中，不在现实中，甚至不在虚构之中。他哪儿也不在，不在我们这些对话的诗人中间，甚至不在他在的地方。但他在。他真的存在。你多大，他也多大。你说中国话，日本话，他也说。他还说英语法语世界语。如果你打他手机（天哪，费用可得记在上帝账上），他会交替着说鸟语，马语，风语，说星辰的语言或石头的语言。必要的话，他还说亡灵的语言。但更多的时候他一声不吭，只是静静地听着。你喝咖啡，他喝茶。你牙疼的时候，他可能是天上掉下来的一个牙科医生。你在老鹰中睡去，他在燕子中醒来。他像佛的莲花般开在什么东西的一半之中，而你是将要开放的另一半。其实你的真身早已绽开在他的替身的迟迟未开之中。要么在他身上，你是你不是的那个人。要么在你身上，他不是他是的那个人。

那个人是我们所有的人，却不是我们当中的任何一个人。

他是人群中消失了的那个人。少了一个人，所有的人都会感到孤单。但多出一个人呢？

那个人与你相握但没有手。他是一个思想但不属于任何头脑。他是一个言说但不在任何耳朵里。

那个人就在底片上，但却洗不出照片。

（二）

为什么我会对那个人，那个既不是现实的人、也不是词语和对话的人，那个"无人"的人，产生追踪和冥想的深深兴趣，产生隔世般的神秘感触呢？这里面有着怎样的心醉神迷，怎样的天意难问？

也许在那个人身上出现了两个自我。更精确地说，是两个自我之间的一种跨度。就空间而言，那个人是针眼里的天外天。对时间来说，那个人使瓦尔特·本雅明精心加以区分和剥离的三种类型的时间再度重合：经验时间，它属于悲剧的"空间性"；英雄时间，它属于悲剧中的个体；历史时间，它预示着现代人对"无尽的现时"之关注。

我以为，这样的两个自我，在参与对话的每一个诗人身上都不同程度地存在着。两个自我在"那个人"身上相遇了，这堪称奇遇：他们有时撞个满怀，有时擦肩而过，有时隔世相望。此中的去留两可，物我相忘，以及从中升华出来的词的奇境、越界的视

对话中的自我与"那个人"

野、澄明的心境，尽管略显滞涩，且过于超然，但是这种交错与对应，在对话之外是极少出现的。由此可见，对话必不可少。

就说与听之关联域而言，对话的参与者所发出的声音，与"那个人"从未发出的声音，两者之间并非是一种表现或再现的关系，也不是一种转喻的关系，而更像两种声音叠加所产生出来的第三种声音：这种声音是言说和倾听的产物，但却在某种意义上将我们引向言说深处的无以言说，聆听深处的不听。

会不会对话的深意从说与听游离出来，落在不说与不听上面？会不会这个不说，不听，在某处与更深邃的说和听合成一体，形成更秘密的思想的对话，形成诗歌的真意，形成词的发生？

书法集自序

　　书法，是修远，是思接千载的事。每个有定力的书家，身上都同时活着好几个时代，活着一堆亡魂。书法，就是从已逝时间，从这些亡灵，把自己的新生换出来。比如，从王羲之换神韵，从颜真卿换气场，从米芾换法度，从怀素换手感，从甲骨、竹简、碑刻的无名书写者换名字和身份。书法，如此万般地夺胎换骨，却不知今夕何年，此身何人。我们不知道，要等到什么时候，今人身上的二王，张旭怀素，这些伟大的古人才会停笔不写？这些二手的古人书家，让今人书家近乎无辜地心有所动，并且，星际旅行般浩渺地空等下一站，直到山河入墨，万物的落花流水驻步于笔端。直到思的笔触，感觉的笔触，云的笔触，在奇妙的宣纸上，把汉字如鸟群般打开。真的，好的书法，会神秘地把不是字的东西写到字里来，又把字，写到字外去。即使字被写成流水，是云散和鸟迹，也借助刀的精神，金石的力道，满纸云烟，骨带烟霞。

　　我十岁的时候，碰上轰轰烈烈的"文化大革命"，父母挨批，我整天待在军队大院没事可做。课停了。大人们呵，你们叫我拿什么消磨一个少年人的漫漫时间和滔滔精力呢？这，可是万古闲愁呵。那时，哪像现在的少男少女，耳朵里听着HIP-HOP，眼睛盯着瞬息万变的游戏屏幕，脚下踩着太空步的节奏，哪有工夫停下来，打听一下，那个叫作万古闲愁的东西是什么。对十岁时的我来说，正是那个东西，那个今日少年人不知何物、而我称之为万古闲愁的东西，将诗歌和书法，搁在我触手能及的地方。尽管小小的我并不确切知道诗和书法奥义何在，但它们至少可以用来对抗无聊。时间本身，在写书法的过程中得以消磨，但也得以确立。

二十来岁时，我迷上了现代诗。为了一个纯属观念的所谓"当代"，我将正待要出滋味的书法停了，几乎所有与传统文化有关联的东西都停了。古代，被当代给扔了。我，一个血气方刚的新青年，真是极端和迫切呵，连书法这样抱弱的事都不放过。也真算得上是个新诗的革命党人，非要把日子里的玉过得像砖瓦，把云的样子过成一场雨，猛烈地落下来。

又过了二十年，我才又重新拿起毛笔，蘸了蘸一得阁墨汁，在宣纸上写字。因为这些年来，我渐渐明白了一个简单的道理：没有古代，也就没有好的当代。这本书法册里的东西，书写的时间跨度接近十年。现在我乐于承认，书法，是我余生难以割舍的精神乡愁。我有一个近乎认死理的看法：汉字是专为书写而发明的东西，不写书法，不知汉字之幽深。正如尼采所说：白昼的人，不知夜色之深。不过，我自己写了这么多年的书法，也未见得真正洞悉了汉字的深不可测。

2011年7月

重读鲍勃·迪伦的抗议民谣

  1980年5月31日，美国垮掉一代的诗歌鼻祖艾伦·金斯伯格文思如涌，写下一篇三万字的文章，谈论另一位美国诗歌大师惠特曼广阔而厚重的诗篇。他论及惠特曼关于自我本性的宣言，关于强壮的民主，关于否定性的能力，关于思维的扩展和对自己身心的完全支配，以及，关于对"多余的爱"的期待。金斯伯格以他特有的诗歌眼，看见想象中的惠特曼像是一个"到处讨零钱的人"，以几许热情、一点活力、一点宝石般耀眼的激情，逢人就问："先生，你有多余的民主吗?"金斯伯格写道："惠特曼实际上是在叙述美国，并与之较量。"他认为惠特曼是美国第一个这样做的人。惠特曼提出的，是一个古老但又常新的、根本的问题：我是谁，我来自何方，又将走向何方? 对金斯伯格来说，惠特曼提出并深思这个问题，既是作为一个诗人，也是作为一个普通人。"他对自己思考和宇宙一样深远的问题并不感到羞耻。"

  有意思的是，在阔论所有这些庄严命题时，在主显节的时光碎片和启示般的狂喜之间，突然地，轻盈而又小心翼翼地，金斯伯格插入了一首古老的日本俳句：

    秋夜的月亮

    温和地照耀着

    偷花的贼

月光中的偷花贼：这真是一个绝妙的镜像。如果将这个镜像从古代转向现代，从东方转向美国，我们就能从中看到三个美国诗人：惠特曼，金斯伯格以及鲍勃·迪伦。作为诗人，他们不偷花，他们偷心。我本人有一句诗写道："花开到最后，是一颗心。"以我之见，这三个诗人，共同构成了二十世纪的美国良心。金斯伯格将冷战时期的美国人划分为两类，一类人认同"权力归于花朵"，另一类人则认可"权力归于核武"。鲍勃·迪伦在古巴导弹危机时，写出了传唱一时的经典之作《暴雨将至》。鲍勃·迪伦是一个原创歌手，他所信奉的创作信条是：写词是最重要的，曲子则可以从民歌仓库里随便拿。迪伦写出《暴雨将至》的歌词后，移用一首古老的英国儿歌曲调为之谱曲。在歌中，迪伦以一个孩子的声音，描述了核时代的恶梦般的人类未来。就创作手法而言，《暴雨将至》已经完全超出美国民歌的传统，步入了现代诗歌的暗指和奥义，处处闪耀着法国象征主义诗人兰波的诡异灵性。

认定鲍勃·迪伦所写的歌，其文学价值要大于音乐价值的，大有人在。这当然有一定的道理。不过，将迪伦原创歌词中的吉他特质剔除净尽之后，再来抽象地谈论其文学性和诗歌价值，是没有多大意义的。考虑到六十年代美国的民谣创作，与现实政治贴得如此之近，这使得迪伦的抗议之声，更多地关乎年青一代的愤怒的神经系统，关乎时代的呼吸单位，而不是事关诗歌的现代修辞、智性和想象力。简言之，鲍勃·迪伦是一个诗人气质的民谣歌手，但不是经典意义上的诗人。T.S.艾略特认为，现代主义诗歌留下的最重要的精神遗产是：诗歌只做只有诗歌能做的事。但迪伦用民谣想做的事，范畴远比艾略特那样的精英诗人要广阔。迪伦的原创民谣，较之同时代的其他民谣歌手，之所以文学性和精神影响力要高出许多，原因就在于迪伦的创作深处有这个范畴，而其他歌手几乎没有。我所说的这个范畴，指的是在吉光片羽的原创歌词后面所隐藏的那个大的历史叙事，那个诗学和心灵的巨大的场。对迪伦而言，这个范畴，这个内在风景之精神场域，是由他与惠特曼、金斯伯格、兰波、波德莱尔等现代诗人的深度联系构成的。鲍勃·迪伦说：歌曲带我到某个不一样的，解放了的，看不见的共和国。在惠特曼笔下，这个范畴的共和国，勾勒出从个人到全人类的自由之宽广度。惠特曼所歌颂的自由，是那种对自由本身进行观念设计和行为规划的元自由，它不仅要求对自己身心的完全支配，不仅要求思维的无止境扩展，也要求对抗和抵制的自由。惠特曼写下这样的诗句：

> 我说，多抵制，少服从，
>
> 一旦无条件地服从，就被完全奴役，
>
> 一旦完全奴役，地球上就没有哪个民族，国家，城市，
>
> 还能再恢复自由。

金斯伯格认为这是对美国的警告，对民主的困境所发出的警告。他将这个诗歌警告，与一百年后美国总统艾森豪威尔卸任时，对继任者、对全体美国人所发出的一个政治警告联系起来："要警惕军事与工业的联合体，它要求对军事侵略采取无条件的服从，也要求奴隶制。"金斯伯格为回应惠特曼的警告，提出了一个问询：现在谁会是能够写出"你不会将人类钉在黄金的十字架上"的人呢？他自问自答：歌唱家，那肯定是鲍勃·迪伦。迪伦本人则进一步认为，惠特曼的诗意警告是针对整个人类状况的。迪伦在六十年代写下的那些精彩的对抗歌曲，源头直接与惠特曼式的元自由精神相通，因而气息悠远，胸襟开阔。

惠特曼诗歌精神的一个重要表征是"愿意和任何人说话。"他甚至愿意和一草一木说话。而这既非法国沙龙式的絮叨，也不是商业从众主义的广告术，更不是现代美式民主的选民话语。金斯伯格认为，如果以惠特曼式的诗人慧眼来观看这个世界，你就会看到秋天树木的革命，看到每片草叶迸发的微小革命。换言之，惠特曼以革命的声音，说出的是生命本身的事情，是生命之微小和浩渺，脆弱和坚定。惠特曼的启示性思想扩展得如此深沅几乎是悔悟性的。许多年后，迪伦迈着民谣的优美音步，走上了惠特曼精神。他说，他愿意对任何人歌唱。迪伦是否知道，人只能听到自己早已听到过的声音？对此，T.S.艾略特先生在《四个四重奏》里给出的精英界定是：很深的声音是听不见的，但只要你在听，你就是这个声音。问题是，这个声音是谁的声音呢？这是那个在老鹰中睡去，在燕子中醒来的声音吗？是那个开在睡莲里，却被枪炮声给打断了的声音吗？有很多的人，特别是年轻人，在听。迪伦知道他们在听。他把惠特曼的声音写进自己的声音，但音调被调得高出几个音阶。他用那把破旧吉他弹拨着全世界年轻人的热烈神经。人们需要他作为一个中介，以使自己成为这个世界的热烈的介入者。各种声音汇

集在某处，汇集在迪伦的舌尖上：革命的声音，抗议的声音，六十年代的声音，黑人的声音，男人和女人的声音，沉默和寂静的声音。在所有这些声音之上，答案随风而逝。年青一代把耳朵和心灵交了出来。如迪伦所写，端的是，时代变了。

　　普鲁斯特有一个著名断言："思想是忧郁的替代品。"那么，抗议呢？迪伦式的抗议，驻足美国特性的深处，且将良知之根扎在年轻人的心深处，但是否也只是作为忧郁的替代品，作为一个抵押而存在的呢？迪伦把他那一代人的抗议写成歌词，谱成民谣，用吉他弹奏出来，凭借这个抗议之声，迪伦将什么东西从大众的平庸现实提取出来，不仅作为忧郁，而且作为不朽，提取出来？经由这个提取，究竟有什么被替换了？六十年代过去了，但是，一个让人梦绕魂萦的，作为历史文本的六十年代，完整地保留在迪伦的歌曲和金斯伯格的诗篇中。这两个家伙，将六十年代像存钱一样存入时间银行，又将之提取出来，似乎不朽是为它专设的诗歌账号。常识告诉人们，诗歌作为人类共有的精神财富，是跨代的，抗磨损的，因为真诗歌在时间定义上具有意大利思想家阿甘本所指称的"令人目眩的缩略"的性质。在其中，时间本身自我缩减，不断退归精神的不朽内核。流行于六十年代的众多抗议民谣，凡不具备这样一种时间的缩略特质者，皆成过眼云烟。因为六十年代过去了，时代变了，抗议的颜色和气味也变了，当年抗议民谣的对等物已然不复存在。如果你没有办法从六十年代的抗议提炼出不朽的元素，你就存留不下来。美国的民谣文化有自己的神话，传奇，有自己的创造序列和传播机制，帮助个人产生群体认同感。不过，使迪伦的抗议声音挥之不去，并使之列入不朽行列的，还是他那高人一筹、超乎时间流逝之外的诗歌特质。迪伦的歌词里，有大的历史叙事，有范畴和镜像，有灵魂的重影和回声。我们这些2011年的更新一代的听者，完全可以将今天的人类状况和语境，作为一个"可辨认的当下"，放进迪伦六十年代的歌里去倾听，去感受，去辨别，去对质。当然，我们也可以消费这个被迪伦写过、唱过的六十年代，消费革命和抗议。买碟也好，买现场音乐会的门票也好，只要你肯掏腰包，你就能把迪伦连同他的六十年代一股脑给消费掉。但是——

　　这是老曲重听，旧词重读，往日重现。

　　六十年代之往日重现，唤起我们这一代人的集体不在场，唤起历史缺失和时间的重新调节。苏俄诗人曼杰斯塔姆的夫人所写的回忆录《以希望对抗希望》里，记述了一个关于时间调节的小故事：曼杰斯塔姆在流放时，内心恐惧幻觉化，老是觉得斯大林会在傍晚七点派杀手来行刑。每天一到六点他就开始焦虑。曼杰斯塔姆夫人有一天将墙上的时钟从六点三刻拨到七点十分，在他陷入此日必死的深度恐惧时，说：瞧，时间已经过了七点。曼杰斯塔姆回头一看，持续多日的恐惧顿时消失。迪伦本人读过这个故事吗？当年肯尼迪遇刺事件，在他内心深处唤起的恐惧感，可不是在时钟指针上动动手脚就能打发的。有人认为迪伦之所以停笔不写抗议歌曲，原因很复杂，其中之一与伴随肯尼迪之死而来的恐惧幻觉有关。即使历史真的能作时间上的调节，迪伦对六十年代美国的抗议，与曼杰斯塔姆对三十年代苏维埃的异议，性质还是不一样的。正如六十年代中国的“文化大革命”，对中国人自己和对欧美持有异议的众多年轻人，意义和性质肯定也是不一样的。所以，对迪伦所传唱和界定六十年代来说，中国的同代人注定不在场。要等到七十年代列侬公开宣称“我不相信上帝，我不相信迪伦”，并将抗议歌曲唱到头条新闻的历史位置之后，要等到八十年代列侬被粉丝枪杀之后，等到九十年代，以及接下来的十来年里，抗议歌曲经由U2而变得更为政治（更为去政治化的政治？），也更为商业和更为全球化之后，迪伦的六十年代才会往事重现，而这一次，我们在场。

今天我们阅读迪伦的歌词，是重读。但是否有过真正生效、真正有意义的初读，这实在是个使人困惑的问题。按照萨义德的看法，真正生效的文学的和思想的阅读，只能是对位法的阅读。幽灵与生者的对位，历史与现实的对位，自我与他者的对位。重读迪伦，这个对位阅读法，还得包含音乐与诗歌的对位。将迪伦置于惠特曼和金斯伯格的上下文对位关系中阅读，我们读到的是一个非常美国化的迪伦，一个民权英雄，一个激进的革命者，一个以吉他为武器的斗士。但要是我们将同一个迪伦，放到与叶芝形成的对位关系里去阅读，结果会怎样呢？举例而言，在《时代变了》这首歌中，有一行著名的歌词——

这个时代已经完全变了样

这句歌词，反复出现在每一歌段的段末。熟悉现代诗歌的听者，会本能地将其与叶芝名作《1916年复活节》中同样是反复出现的、招魂般的、扰人肺腑的诗句联系起来——

183

变了，一切都变了，

一种可怕的美已经诞生。

那么，在迪伦与叶芝的对位阅读法里，在"这不是老年人的世界"这个带有启示录意味的诗歌命题里，迪伦扮演的是一代年轻人的代言者和领袖人物，是一个预言家，而叶芝则是站在老人和逝者的角度，在他身上被唤起的是一个伤感的、怀乡病的、悲天悯人的老派诗人形象。当然，没有人会以行规严格的诗学范式，去真正讨论迪伦与叶芝的对话关系，因为这么做，会多少有点关公战秦琼的迷惑。其实，我们为什么不可以将迪伦放在叶芝的某些诗作里去读，这么和叶芝并列起来，这么重读迪伦，会不会带来比初读还要新鲜和陌生的感受？我们不要仅限于用惠特曼，用金斯伯格，用兰波和波德莱尔去读迪伦，我们还应该试一试用叶芝这样的经典诗人去读迪伦。或许，我们还应该将美洲"左派"诗人聂鲁达在阅读深处所唤起的广阔性和歌唱性，移植到迪伦的歌词里，去更为开放地阅读他。还有阿赫玛托娃。迪伦与阿赫玛托娃，看似毫无牵扯，但两人确实曾经出现在同一个历史时刻，同一个历史场合，起同样的历史作用。我指的是1989年，在莫斯科，数万年轻人一起唱迪伦的《答案在风中飘》，一起诵读阿赫玛托娃《安魂曲》一诗的片段，阻挡坦克的前行。在这个历史场景里，起作用的又是怎样一种历史想象力与诗歌的对位法呢？

如果将迪伦放进二十世纪后半个世纪的诗歌演化史去辨析，我们必须考虑的一个问题是，革命和抗议，这个左翼的诗歌主题，它曾经是什么，现在变成了什么？它留下了什么？年轻人对世界的愤怒，作为一个永恒的诗歌主题，它的文学能量在我们这个消费时代是否已经被穷尽？迪伦第一首震撼美国的歌是《答案在风中飘》。而列侬在生前的最后一次访谈中则对记者说："六十年代不是答案。"如今，真正有思想抱负的诗人，更看重的是自己的作品是否真正有问题意识。答案导致问题，带出问题，但太多的答案是对答案的取消。"有些问题比炸弹更深层。"迪伦说。毫无疑问，2011年比六十年代更富裕，更多元，商业化程度也更高，但现在的人们活得更幸福吗？答案在风中飘。现在我们听迪伦的歌曲，读金斯伯格的诗歌，感觉其中的抗议之音、嚎叫之声恍如隔世，像来自星空的声音。革命的、抗议的六十年代，它真的存在吗？我甚至怀疑鲍勃·迪伦是他自己的赝品。他不是他是的那个人，他在他不在的地方。

"民谣音乐界一直是我必须离开的乐园，就像亚当必须离开伊甸园。这个乐园太过美好。"迪伦在他的自传里写下这些想法之前，我们并不知道，他是否读到过里尔克在著名长诗《杜伊诺哀歌》第一首中写下的开篇诗句：

> 因为美不是别的什么
> 而是我们刚好可以承受的恐怖的开始
> 我们之所以赞许它，是因为它安详地
> 不屑于毁灭我们

的确，美容许我们幸存。所以命运枪杀了列侬，却默许迪伦幸运地活到今天。不过，自1964年之后，离开和告别，就成了迪伦剩余一生的持续主题。告别抗议歌曲的创作，告别抗议歌手的形象，告别与初恋女友苏珊有关联的一切精神象征。回想1961年，迪伦初到纽约格林威治村，与17岁的女孩子苏珊相遇，然后立即坠入深爱。苏珊的书架上，摆放着一排现代诗人的诗集：兰波，波德莱尔，布莱希特，维庸，格拉夫斯，迪伦·托马斯。纷纭悱恻的现代诗歌，通过苏珊的眼睛和心灵，进入迪伦的思维视野和修辞想象力。此一情景，与古希腊戏剧《俄迪甫斯后传》中的一句诗极为相称："那小女孩的眼睛替我看路。"苏珊和迪伦，一望即知这是绝配，事关思想的内驱力，事关民谣的原创力。不像列侬与洋子，那是另一种意义上的绝配，事关全球媒体的头条新闻，事关行动和形象。迪伦一生写了不少爱情歌词，其中不乏与苏珊相关的传世佳作。他歌唱革命，也歌唱柔情与心碎。

迪伦老了，属于他的六十年代也过去了。但美国诗人庞德说："历史是永久的新闻。"《答案在风中飘》犹在耳中，一派新鲜出炉的样子，声音从迪伦当年所形容的"不入耳，不友善，不商业"转化为入耳、友善和商业。迪伦好像已经活得超出了时间，超出了词与歌声，活得没有了敌对面。当年迪伦在一首极为精彩的反战民谣中写道：当敌人近身时，长得和我一样。两个敌人，或无数个敌人，是否会在迪伦的民谣里相遇，彼此交出各自的耳朵和良心？印度诗人泰戈尔说：一定要小心挑选敌人，因为你会发现，你自己会和敌人变得越来越像。迪伦先生，是这样的吗？在更年轻的一代新人眼里，你是什么样子？2011年4月6日，你的真身将在北京现身。

一个人还要多少次回过头来

才能假装什么也没看见？

2011.3.26 北京

《隐身衣》的对位法则

以我之见，格非的近作《隐身衣》，是我近几年读到的当代中文小说中最好的一部。去年圣诞期间，在孟买，我初读此作时曾对格非仁兄说：小说能写得这么有意思，我都动念要用写诗去换写小说。嗨。我将此作视为萨义德所推崇的对位阅读法的理想范本。这样一部从捣鼓音响器材为生的手艺人身上借来叙述角度、修辞策略的作品，事关耳朵的心灵的高级手工活路，事关胆味和一大堆零配件，事关电流、电压、电的阴阳，当然，这一切最后将被导入模拟声或数码声的听感：你得将CD碟片放进这个词与物的系统，让它发声，让那个要么是贝多芬要么是刘德华的"他者"被重播，被听到。但这部小说的叙述主旨之一是：这个时代的听力坏了。小说主人公是个组装音响器材的土炮高手（我给此人取的绰号是"北京的耳朵"），他的基本困惑是，即使将时代的耳朵修好了，又该嵌入谁人的听力深处呢？这可是带胆管的高级耳朵呵。他自己不可救药地喜欢贝多芬，可是别人要听的是华仔。正是在这个错位处，中国三十年来的音响发烧史，居然在器物考古学的层面上，被挤压出芜杂的社会生态学内蕴。在作者笔下，耳朵时尚的变迁史与心灵史密谋般合一。由此，对位叙事在小说语境中如"玉生烟"般持续发散出串味的胆味，大片大片的器材专业术语和音乐发烧名词，在现实生活的动词移位轴上，犹疑、挪动、沉浮，构成倒影交错的现象史。"好诗的秘密"，当代著名俄语诗人布罗茨基在某处说过，"是在文本中尽可能多地堆积名词"。解构论者德里达在另一处接下去说："叙述文本的棋盘上应该布满密密麻麻的名词，拿掉名词的棋子后，文本只剩下一张空白棋盘。"我的看法是，小说文本的名词也应该和诗文本一样多，不妨多到落子于棋局之外的地步。因为名词棋子是鸟群，它会飞起来，飞出棋局和文本，飞出它自己的本体。各位读者请回想一下，三十年的音响发烧史留下的，不正是一部术语和曲名的名词史吗？最初的耳朵和心灵，而今安在？但最初的音乐名词却还是那些名词。整个音乐发烧史的词与物的体系悬搁在某个尘封的高处，如果将它取出，它能与怎样的现实、怎样的话语建构对弈，形成精彩的对位格局？格非本人是一个心耳抱一的资深听者，所以对位法在这部小说的字里行间不仅是怎么读的问题，也是怎么写的问题。换句话说，对位叙事首先介于音响的技术体系和话语的叙述建构之间，介于高雅的音乐术语、曲名与现实的庸常称谓之间。格非不可能放过这样一个将听觉天命转换到写作原创力的天赐良机。这位老兄听了那么多年的音乐，写了那么多年的小说，写和听，终得以在这部六万字的小说里交汇，形成玄机和奥义的层叠。

《隐身衣》和格非的长篇近作《春尽江南》在一点上很相似，两者的叙事内驱力都与房子、与人的栖居之所相关。可以说，《隐身衣》至少在表面上讲的是一个关于住处的空间挪移故事。但我注意到，对位叙述更多被作者暗中用来处理时间。小说的主人公在琢磨声音机器的同时，也在琢磨时间这部机器。无疑，时间有时会出问题，会坏掉。而捣鼓时间机器会把人给捣鼓老，即使你是梦幻般的修理师，也不知道这旧日子修好之后该拿去派什么用场。比如，当主人公想起老朋友二十五年前说过的一句话，并拿着这话去变现时，事理就彻底给弄坏了。又比如，一笔死人欠下的26万元巨款，会在人死了（至少是假设死了）一年多后的某一天，突然打到主人公的银行卡上。

这么随意提及小说的幽微细节，却对小说的叙述主线不作指南式的介绍，是我假设读者在读我写下的这些文字时，已经预先读过《隐身衣》。要是你碰巧真的还没读，我的建议是，立即放下手头别的事情，去读它。这部小说为内行读者提供的一个基本乐趣是：小说读着读着，会从一部写实小说变成哥特小说。至于音乐与写作的双重对位法则在象征层的灵韵一闪，带来的奇想和惊喜有多少，那得视你的阅读有多深，多灵敏，多黑暗。古典音乐的资深乐迷都知道，听感的声学背景被调得越黑，越深邃宁静，听者能听到的细碎之处越多：哦，那些钨丝一闪的弱信号，那些泛音和残响。在我看来，文学文本的深度阅读也大致如此。

小说最重的一笔，是丁采臣在餐厅里掏出手枪往桌上一搁。这黑笃笃的东西。而小说最狠的一笔，则出现在丁采臣女人的脸上，那是一张被钢刀深深刻过的脸，留下横七竖八的永久刻痕。美本身被丑陋留了下来。就像我们所处的这个时代，就像我们伤痕累累的内心，就像现状和时间之缩略。每天睡在我们身边的，我们与之一起生活的，就是这样一个"美就是丑"的被重度损毁的镜像。我们对世界、对生命真相的凝视，到这张结痂的女人面容为止，再往深处看就是血淋淋的东西了。格非下笔没那么狠，他仁慈地在小说结尾处告诉那个总是夸夸其谈的教授，也算告诉我们大家：要是凡事刨根究底，生活不还是他妈的挺美好的吗？

这部小说篇幅并不怎么长，却将每一个人物都写活了。与男主角相关的四个女人，正好构成四重奏：母亲是大提琴，姐姐是中提琴，两把小提琴分别是前妻玉芬，以及后来的女人（那个面孔损毁的女人，用"玉芬"叫她也行）。至于男角色们，姐夫常保国之单调和恶俗，蒋颂平之多重人格，以及穿插于叙事断续处的父亲，父亲的同行徐大马棒，玉芬的后任丈夫海归罗姓主任，音响发烧友某教授和沈大校，所有这些人共同建构的只能是无调性的音乐。除了贯穿整部小说文本的主人公，另有两个人物我要单独一提。一个当然是丁采臣，这个以《倩女幽魂》作为前奏曲呼唤出场的人物，很可能是当代文学在人物塑造上的一个历史性贡献。这个小说人物已永久盘踞在我头脑的图书馆里了。《倩女幽魂》在小说里一共出现了三次，刚好构成一个全音和弦，而丁采臣本人则是一个音盲，连空心和弦、连半音都不是。据称他"端着一只咖啡杯，从东直门的写字楼顶端一跃而下"，但直到小说结束，他是死是活依然语焉不详。这么一个透心凉的词语造成的人物，是作者格非对文学的真正奉献。另一个我要特别提及的人，是被格非加了引号的"牟其善"，一个正式的死者，此人在小说中之简略，压缩，毫无内涵，与丁采臣正好构成小说叙事的对位。小说的名字"隐身衣"在整部小说中只出现了一次。据说它穿在牟其善身上。但你说呢？

2012.8

笑的口供

1. 一个如此美好的世界，被笑给笑坏了。

2. 一个如此聪明透顶的人，在那里傻笑。诸神被他笑得一愣一愣的。

3. 笑的本体，被自己给笑坏了。有人请来开锁匠想要打开这个笑，修理这个笑，这个锁心已经坏掉的笑之原型。但是，笑心没有修好，笑脸反而被修坏了。工具和零件样样都有，可是缺少一个词。笑，就那么坏坏的挂在脸上，嘴巴大张着，合不拢来。人，张着河马那么大的嘴在笑。

4. 笑的泪水比哭还多。眼泪的热成分，被冰镇起来了。

5. 笑的橘子，掰开一看，里面是个苹果。

6. 这个笑的苹果，是公司呢，还是一个小宇宙？

7. 笑出来的泪水，把栀子花的香味和尿臊味混合在一起。时间凝固的味道，也大体如此。

8. 女人拿着这该死的世界哭了个够，然后把哭剩的世界递给男人。男人却拿哭来笑。他们没心没肺，拿这个本该接着女人去痛哭的世界，开怀大笑。

9. 女人总是为自己想哭的哭两遍。男人觉得笑一次就够了。

10. 在北京笑，和在巴黎笑一模一样。没有必要为笑买一张机票，专门飞到巴黎去笑。

11. 把脸长得再帅一点，长成阿兰·德龙的样子，梁朝伟的样子，再笑也不迟。

12. 但为什么周润发扮演黑社会老大时，笑得那么既灿又烂的，演孔夫子就不会笑了呢？

13. 笑一个趔趄，扭了腰。

14. 笑如果不是单身女人，就会大哭一场然后嫁人。但是那些单身男人的笑，有了夫人还是光棍。

15. 笑是有灵魂的，它痛。

16. 笑的反面不是非笑，也不一定是哭。

17. 用短信把笑群发出去。

18. 笑露出一条森林的尾巴，它是狼呢，还是一头梅花鹿？

19. 善的笑与恶的笑，像两条被扔在地上的鱼。善之鱼，嘴唇和尾巴还在动，但整个身子一动不动。恶之鱼则在地上活蹦乱跳。

20. 一个闭着眼睛听大提琴的独裁者，和一个不听的，哪个在笑？

21. 一个从来不笑的签证官，和一个笑眯眯的签证官，哪个会拒签？

22. 我们以为自己笑的是希特勒，其实是在笑卓别林。

23. 在这个一切都飞速发展的时代，笑，反而是一个退化和返祖。

24. 像这样不问谁真谁假，也不问谁死谁生的笑，是会把笑本身给笑掉大牙的。

25. 笑有时会从无中笑出有来，有时会把对的笑错。

26. 即使全世界的人都在笑，但只要有一个人不笑，笑就在某处飞翔。

27. 反过来也同理：即使只有一个人在笑，而全世界的人都不笑，它也仍然在飞翔。

28. 二手的笑。即使死者因笑复生，但那也只是一个二手的生命。神已经在笑里面死了一遍，第二次死轮到了人。连死亡和不朽也是二手的。

29. 人呵，用一粒谷子去称量你的笑，看它能有多少重量。用笑的步子去丈量你的行走，看能走出多远。

30. 二十一世纪的笑之怪兽，是组装起来的：资本是它的腿，革命是腰，劳动是面孔，词是心。

31. 笑玩的是哭泣的游戏。

32. 美国人把笑印在纸币上，意大利人把笑穿在手工造的皮鞋上。法国人用什么笑？

笑的口供

33. 笑是一门关于时间的艺术。

34. 请准许一个人假笑。正如造假是在造真，这个真不仅仅是一个仿真。做旧也是做一个新。

35. 请准许一个人偷笑。笑即使安装了门也不可能上锁。

36. 笑对所有人都是免费的（包括死者）。

37. 知识分子把墨水笑得满嘴都是，但出门时又让笑穿得衣冠楚楚，生怕墨水弄脏了仪表。

38. 末世论者用癞蛤蟆喂养自己的笑，以便笑起来更具喜感，更恶心。

39. 笑演奏小提琴时，是用弦外之音演奏。

40. 笑以为自己怀里抱着的是一把低音大提琴，其实是一只鸵鸟。

41. 笑在沉默与喧哗之间、失败与成功之间、个人与公众之间、强大与弱小之间，撕开了一道豁口。笑把这道豁口安装在嘴上，又把嘴安装在窗户上。笑从这裂开的豁口推窗看出去，看到了古怪的人种，看到了奇异的史前风景，看到了外太空。

42. 笑拿海军和鲨鱼两相碰撞，以为能笑出大海的声音。

43. 笑喝了几口酒，醉了，把酒神和日神捆在一起，往教皇脸上一扔。

44. 接下来笑又吸了几口大麻，吞食了几粒摇头丸，从肚子里吐出一个星空。

45. 戒掉笑里面的毒瘾，不如戒掉上帝。

46. 笑，用长进身体的汉字在笑，笑得里朝外，笑出一堆一堆的词生词，似乎这样笑才对得起仓颉，配得上造字法。

47. 在文字里笑够了的东西，又照搬到金融里去笑。用词生词笑出些钱生钱，笑得资本大腹便便。

48. 银行家在银根这边紧缩世界，又在笑的另一边松开这个世界。

49. 笑露出了花内裤。那个为皇帝新衣提供订单的人，脱下它洗了洗，往旧时代的晾衣绳上一挂。

50. 笑从柴米油盐笑出了天命，从红尘和灰尘笑出了黄金，笑出了玉生烟。

51. 拔掉插头，用直流电把笑弯的腰直起来。笑的脊梁骨还没有断。笑像结痂一样长在伤口上。

52. 笑，使周围几千平方公里的神经纷纷懈怠下来。

53. 只有像辣椒一样笑的人，才能获得甜的神髓。

54. 亮出一副当代面孔在那里笑的人，可能是个古人。

55. 先有了笑，才有笑脸。先有了笑脸，才有中国脸。

56. 笑的房子，盖得像瓷器。它一碰就碎。

57. 笑一碎，心也就碎了。心与泪，隔着笑这块玻璃对看。

58. 笑，对那些一点也不可笑的人和事始终保持笑脸，无缘无故地笑，没完没了地笑，使劲地笑。而被笑者，已被笑呆了，笑怕了，笑蒙了。笑就这样把我们所有人的身份，从笑者，变成了一个被笑者。

59. 笑的创可贴，哪里有售？

60. 笑作为武器，让人感到安全。2012年，笑的子弹打光了。

61. 笑，穿上云的防弹衣，从裤兜里掏出大片大片的飞鸟。然后，笑用玩具枪对着鸟群，发射一枪一枪的虚无。

62. 在笑的射击中，人人都中弹了，但没有任何人死去。每个人身上都有一个预先死去的旧我，在替新我挨子弹。而死者刀枪不入。

63. 在全球正义的交响乐队中，笑演奏着一件完全不会的乐器。笑，一本正经地演奏着自己的无声。

64. 笑是一个蒙面人，没有眼睛，没有鼻子，没有脸孔，只有一张嘴巴。

65. 笑咬住不放的既非铁的事实，也不是铁匠的手，而是事实的订货商。

66. 快感可以垄断，但笑不可以垄断。

67. 如果善、劳作和美德不够偿还这个世界，就只剩下笑了。

68. 有时给笑添加一点点邪恶，笑，或许更加接近至善。

69. 人流了那么多的泪水，就是为了笑起来更为灿烂，更为辽阔吗？

70. 为什么看上去在笑，就一定是笑呢？

71. 笑在风中飘散，有如一头披肩长发被吹起，蝴蝶结也不能系紧它。

72. 笑的起源始终是个谜，它深藏在高不可问的哲学里，艺术也不能披露它。

73. 君子的笑，使器物与词两相辜负，然后两忘。

74. 小人的笑，借了一张川剧的变脸，却把它递给了歌剧。

75. 教授的笑是第二人称，警察的笑是第三人称，农民工的笑是集体人称。笑的第一人称，被艺术家画在自画像里了。艺术家的面孔，画着画着，画没了。笑，成了一个无人称。

76. 笑作为语气助词，差点断了气。

77. 笑作为动词，用绝学般的武功走到字的外面，肉身的外面，又从一切观念抽身出来，形成梦的手足，形成一个个无实体的实在。

78. 笑是一场车祸，把我们大家都堵塞在世界的某处，堵塞在半路上，堵塞在一个我们不在的地方。笑的大堵塞，把生活的各种漏洞塞得满满的：水电的漏洞，肺的漏洞，税的漏洞，腐败的漏洞，善的漏洞。

79. 航空班机，有时能在一小时里晚点一千年。时间，格外优雅地乱了套。童年和青春，红颜和衰老，脸换脸。笑的脸，把每一个人都换成了千人一面。我们全都成了笑的蒙面人和精神病人。

80. 笑是个男的，却怀有身孕。

81. 笑的女儿，自己是自己的母亲。

82. 笑，首先要使自己成为一个非笑，才能进入生命的例外状态，进入存在的立法。进入沉默之后，笑，才能发出笑声。

83. 当我们笑一只野兽的时候，那个野兽也反过来在笑我们。

84. 老大哥笑眯眯地说：不要试图联系我，我会联系你的。

85. 个人的笑，夹在全球景观和国家装置之间，这份笑的三明治，至少视觉比例是错的。但我们除了维护这个不相称的比例，还能做别的什么吗？

86. 你以为自己笑得像青年鲁迅，其实连韩寒都不是。

87. 一个笑的苏小小，是所有人的同时代人。

88. 但这样一个用笑的材料造出的同时代，一个当代的古代，究竟是一个原生态的古代，还是一个仿古？

88. 国库里的黄金储备，能作为实心和内在，作为压舱石，进入笑的空心体吗？黄金买下了笑，但它拿什么镇住笑？

89. 笑把物质笑轻了，词却获得了重量。

90. 分分秒秒都在笑的人，连一秒钟也没笑过。

91. 给笑一份工作吧。为笑建一个办公室，开一家银行，准许人们像存钱一样存笑。准许笑作为存在的一个抵押。

92. 笑的商业定义是：在没人买笑的地方出售笑。买什么，从来是被卖什么发明出来的。

93. 笑的集权定义是：在笑的共同体里，不准许单个人的笑。

94. 笑的喜剧定义是：没有像卓别林那样笑过的人，等于从未笑过。

95. 笑的遗传学定义是：笑用儿子生下了父亲。

96. 笑的广告学定义是：一个拟真的笑，比真实本身还要真。

97. 笑的考古学定义是：除非笑在死后仍然保持在死者脸上，否则生前就没有被真正笑过。

98. 笑的哲学定义是：如果笑里面没有包括预先规定好的哲学假定，笑，作为一个外在的发生，等于没有发生。

99. 笑的交际准则是：像敌人那样笑。因为你和你的敌人会越笑越像。

100. 笑的金字塔，是用叠罗汉堆砌起来的。

101. 笑是个矮个子，它有些纳闷：是穿上高跟鞋，以平庸生活的立场把世界垫高两英寸，还是穿上芭蕾舞鞋，以艺术的名义垫高世界？

102. 笑在自己的猫脸上画了一张老虎脸。但猫脸的假老虎笑起来太像卡通，老鼠的世界也跟着猫一起哈哈大笑。

103. 笑的鼠经是：人，你猫了吗？

104. 笑藏起自己的脸，以便出现在所有不是自己的脸上。

105. 每个人的笑被一点一滴挤出来，以便凑成上帝的总括之笑。

106. 国家的笑破产后，剩下要做的，是以家庭的笑来统治人心。

107. 为笑注册一个公司吧。当不了笑的总统，就当笑的董事长。

108. 人已经笑过、已经笑到了尽头却回过头来笑、已经笑了个够但忍不住继续在笑、怎么也停不下来，那样一种笑构成了炼狱。地狱之笑要简单得多，它由没有实现的欲望、没笑过的笑构成。地狱构成了笑自身的不笑。而天堂之笑，纯属想象。

109. 在笑与不笑的两个旧我之间，隔着一个新我：他必须是看不见的脸。即使是假面人的脸也行。笑之新我，必须同时是生者和死者。

110. 笑他人，也就是笑自己。笑的怀抱里坐着一个主显日。如果你的笑签名般触及

笑的口供

他人，你会越笑越不是自己。而你在笑的过程中越是抹去自己，就越是一个显现。

111. 笑声通过对讲机传入星空。但谁会在天上和你对笑？嘘，小点声，别惊动天上人。

112. 笑如果是片土地，将被国家征用。

113. 笑如果是老房子，将被地产商强拆。

114. 在笑的客厅里，那被笑一屁股坐下的并非是沙发。

115. 在马拉美身上，全体人作为单一人在笑。

116. 在布莱希特身上，政治作为前卫艺术在笑。对于哭的指控，这位先锋派艺术家，用笑来辩护。

117. 死者留下他们的笑。笑的肉身，摸上去冷冰冰的，但它穿的衣裳却体温犹存。

118. 笑像一个邮戳，盖在忧郁的远方来信上。

119. 所有寄自远处的墨水，鸟语，波浪，都留有笑的戳记。

120. 邮递员把一封宋朝来信递到笑的手上。信封上写着笑的名字。但笑并非指定的收信人。

121. 一分钟的笑，寄了一千年。

122. 像成吉思汗那样，从欧洲到中国，为那些从未寄出的笑，建造一个邮政系统吧。

123. 笑像麻花一样，在生活的常态和反常之间扭曲，形成一些仓促的形式。然后，把所有扭曲的形式放在油锅里一炸。

124. 你以为笑着啃一啃麦当劳的炸鸡翅，就能飞起来吗？

125. 笑的魔法口袋里，还有大片大片的鸟群没掏出来给你看呢。

126. 笑在骨子里其实是个海明威式的悲观主义者。笑的厌世文本，从上吊的故事开始，以朝自己的脑袋轰一枪结束。

127. 娱乐至死的笑，我们能对它做些什么呢？把身上剩下的快乐全掏出来让笑享用吧。把运气全都花在笑上面吧。把自己笑个半死，笑到精疲力竭吧。

128. 笑，露出猿类的尾巴，又从蛇头开始笑。但是，在头尾之间，蛇的腰有多长呢？

129. 在月光中给笑梳梳头，洗洗脸，让笑看起来更阳光些。笑的月光是银子，笑的阳光是黄金。

130. 从浑身是银子的笑，你听见下雪的声音。而在雪的声音里，你能够听见佛。

131. 底片上的笑脸，冲洗出来居然能发出声音。

132. 看着整个世界的笑脸像水一样在上升，你用笑留下的最后一口气，浮上水面换了换气。然后，你像石头一样下沉。这口气，要憋就索性把自己从一个人憋成一条鱼。

133. 女人因一笑而成了美人鱼。男人为这一笑撒下千金。

134. 把美人鱼的笑脸往自己脸上长的美女，抬起头来，用飞翔的语言对鸟儿说：哦，整个天空都是海水。

135. 笑，将石头的世界笑出些网状裂缝。石头里的史前爬虫，试图挣脱化石的天网恢恢，到大地上和人一起晒晒太阳。

136. 全世界的笑，联合起来。

137. 以纸脸的笑，把自己笑成塑料，这是一种本事。

138. 以腌制品的笑料，把自己笑得像生猛海鲜，这也是一种本事。

139. 笑并不介意作生活的备用轮胎，你就驾驶着生活上路吧，把油门一踩到底。笑在一旁静静挂着，等生活爆胎时派用场。

140. 笑的裸体：用手机拍是色情照片，用单反拍就是艺术照。

141. 在哭泣里躲不开的世界，藏身于笑的后面还是躲不开。笑或哭，两者都是发生。即使你不想与世界的历史和现状发生任何关联，历史这头怪兽，还是会找上门来。

142. 在百年前的巴黎街头，或在百年后的北京街头，一个并不存在的美丽女人，对着一个并不存在的我，回过头来倥偬一笑。这个谜一样的回头一笑，同时取消了我身上的原我和无我，重新设定了时间密码。两个分开的一百年合并在一起，合成了一秒钟。

143. 奥尔甫斯从阴间领回妻子时被告诫：可以歌唱或微笑，但千万别回头。可他忍不住回头去看了一眼，妻子，被笑的眼睛看进了死的眼睛。

144. 童话告诫你：当一匹狼从身后跟上来的时候，千万不要回头。其实身后什么也没有。但那时你小，不敢回头。现在你回头去看：一匹不存在的独狼，对着你在笑。

145. 一只年轻的鹿在奔跑。它也被告诫：可以笑，但不可以回头。无论跟在身后的是情人还是敌人，都不可以回头。但是，鹿一定要知道自己是为爱还是为死亡在奔跑，它回过头来。笑，变身为石头。

146. 笑忍受着一张又一张笑脸，就像整体忍受着碎片，就像独裁者忍受着他的人民。

147. 笑的发声学定义：笑声，就是把唧唧喳喳的鸟叫声变成人声。

148. 笑永远不可能成为一个固化。笑永远在旅途中，在劳作中，在分娩中，在丢失中。笑永远处于从此岸到彼岸的摆渡。

149. 笑把自己的脸从梦中人的脸替换出来，却不知道梦长什么样子。笑与忘，彼此不问谁梦谁醒。

150. 笑努力想要成为一个异乡人，却忘记自己本来就是异乡人。

151. 星空的笑在旧人脸上睡去了，大海的笑尚未在新人的脸上醒来。

152. 笑取消了时间，把历史笑得像一个新闻。

153. 笑的怀抱里坐着成千的死者，自己却像一个永生者那样站了起来。

154. 笑积攒了一些绿色事物，以便闯红灯时备用。

155. 一个人提着自己被砍下的头，无端端地在笑。

156. 谁在笑？

157. 人的任何笑容，都是戴面具的那个不笑的人在笑。

158. 人走过这片任凭去笑的大地，却并未留下足迹。就像鸟儿飞过天空，没有留下飞翔的痕迹。

159. 两个人还能待在一起笑，这就够了。

160. 笑的力量在于不团结。

161. 在笑的声音里，你能听到所有的人和你自己。

162. 最深处的笑是听不见的。天上的笑也听不见。但只要你在听，你就是这笑。

163. 不纯洁的笑，不也挺好的吗？

164. 给男人的笑穿上云的裤子，给女人的笑穿上雨的裙子。

165. 天使的笑，像一场雨从天到地落了下来。但雨下到半空，就被太阳给晒干了。

166. 太阳像吸毒一样把笑的雨水和泪水吸入光的肉身。

167. 笑把一个松弛世界闷在内心深处的东西，用螺丝拧紧之后，一下子发散出来，喊叫出来，形成大面积的滑丝和雪崩。

168. 零售的啄木鸟，将笑啄得遍体都是虫眼。人类借助笑的虫眼，往知识的起源、往时间标本的深处观看。但是，虫在哪里，所有这些虫类的批发商又在哪里呢?

169. 有的笑是痛的，有的笑是痒的。

170. 如果笑的感觉是痛，请以更痛的方式把痛尖叫出来。

171. 难道笑的汉语之痛，尖叫出来后，还得翻译成二十种语言吗?

172. 难道笑的殖民之痛，用独立尖叫出来，就成了云的聚散吗?

173. 难道笑的欧元之痛，改用华尔街来尖叫，就会像下了一夜的大雪在早晨停住吗?

174. 难道笑的希腊之痛，任随我们在大地上怎么尖叫，不过是苏格拉底的一声叹息而已?

175. 笑是那种像狗一样饿了就叫的东西。

176. 如果笑的哲学是痒，你得忍住。因为笑的骨头没有皮肤，而哲学家总是在不痒的地方搔痒。

177. 你没给笑上保险，居然如此放肆地笑，就不怕笑出病来?

178. 笑掉了牙齿还在笑，你以为笑不吃晚餐?

179. 一个肉体真身，被笑挪用来做装饰性的电脑效果。

180. 批评家从观念笑出一个实体，艺术家从平面笑出一个浮凸，收藏家从剩余物笑出一个欠缺。

181. 美人一笑，落叶纷纷。

182. 哦美人，你不必笑里藏刀，几片树叶就足以取走我的性命。

183. 笑以轻功应对泰山压顶。

184. 笑摆出汉字的姿势，只有动作没有声音。英语，法语，是笑作为配音的礼物递给汉语的。只要对上口形，汉语的默笑，就可以用英语或法语发声。

185. 殖民的笑，独立之后会以哪一张脸笑?

186. 笑出门时并没有穿鞋。笑，就这么赤脚走了出去，消失在远方。

187. 即使给笑穿上阿迪达斯跑鞋，它也跑不过豹子。

188. 医生给笑下了一堆癌症的猛药，但笑，不过是一场轻若烟云的美学感冒而已。

189. 拿一张中国儿童的笑脸，像玩具脸一样往欧洲儿童的脸上贴。这是东方和西方相遇的美妙建议之一。

190. 如果笑是流血的，请揭下脸上的创可贴，往伤口上贴。

191. 笑，把内分泌都笑出来了。

192. 舞者把笑的舞蹈用绳子捆了起来，以为笑会更为自由。

193. 有人将自己的人脸笑成了猿脸。

194. 笑是一道乘法，但与数学无关。

195. 笑的油门一踩到底时，猛然发觉自己不会开车。

196. 用笑武装起来的军队没有一个敌人。

197. 笑作为武器，命令多军种协同一笑。

198. 笑拔掉插头后，浑身带电。

199. 在巴黎火车站，你抬起头来，看见一个格律诗般的配电网天空。

200. 笑的内心世界，精密有如瑞士表的内部。

201. 笑的棋局，落子于棋盘之外。

202. 小人笑以求赏。君子笑以问道。

203. 善之笑，把恶当作影子。

204. 通过笑，我们知道，一个被笑打动的世界比一个笑无法打动的世界更美丽，但也更脆弱，更绝望。

205. 笑作为抽象的否定，对一个被具象剩下的世界反而是个肯定。

206. 笑对所谓的正人君子投以一道乜斜的目光。

207. 笑感到牙痛难忍时，天上未必会掉下一个牙科医生。

208. 众笑之笑坐在黑暗深处，用十万只灯也无法照亮它。但是，捉几只萤火虫放进笑的内心，它立即通体透亮。笑的黑暗本体是一个活体，必须以会发光的生命来喂养它。

209. 笑的灯笼，在狼眼睛里被点亮了。

210. 得给灯一样的笑安装一个开关，在梦里关掉它。因为它无法入梦。

211. 镜子的笑，一个笑被摔碎成一千个笑。

212. 大地的春天之笑呵，数数看有多少浮花绽开在其中。少开一朵，神也绝不答应。

213. 笑，笑着笑着，把自己笑没了。

214. 笑神还没开始笑呢，人的笑，已经把整个世界给笑垮掉了。

215. 一个没有被人笑垮的世界不值得神笑。

216. 一个不值得神笑的世界，经不起人笑。

217. 一个预先规定好的诸神之笑，在未来世界等着人类。

218. 人想把自己变身为笑神，但找不到足够多的笑作为变的材料。所以，笑神只是一个半人半神。

219. 笑神说：人子呵，把你们的哭丧脸，阴阳脸，秋风黑脸，马脸，官脸，冷脸，面具脸，全都交给我。等我拿这些从来不笑的脸，一张一张笑够之后，我会还给你们的。

220. 所有被笑神笑过的脸，其实是人类自己的。

221. 笑，人神一体。

222. 如果你不能像神一样笑，至少也要笑得像一个人。

223. 万古闲愁，都在这一笑里了。

2012.3.15北京